ちくま文庫

# 私の脳で起こったこと

## 「レビー小体型認知症」の記録

樋口直美



筑摩書房

# 私の脳で起こったこと　目次

# 私の脳で起こったこと――「レビー小体型認知症」の記録

# はじめに

「認知症」って、いったい何でしょう？　もし「認知症」と診断されたら、その日から何が変わるでしょう？　「認知症」と診断された人の脳内では、何が起こり、本人は、それをどう感じているでしょう？　進行する一方と告げられた絶望は、どのように変化していくでしょう？

この本は、これらを記録した私の日記です。病気に気づいてから講演に踏み出すまでの2年4カ月の中から抜粋しています。

病気になって初めてわかったことは、数多くあります。過去の「認知症の常識」は、私の中で次々と覆されていきました。例えば「若年性レビー小体型認知症は、進行が早く、余命は短い」。最初に自分の病気について知り得た唯一の情報です。鵜呑みにした私は、今、読み返すと不思議に思うほど深刻に死と向き合っていました。

約2年間治療を続けている現在（2015年）は、幻視も長く現れず、良い状態を保っています。でも私は、単純な計算ができない時にもこの病気について書かれた研究論文は、読むことができました。料理に苦労するようになっても、思考力の低下だけは、感じません。

今、「認知症」という言葉は、病気の種類も進行の度合いも無視して、十把一絡げに病名のように使われています。病気の種類によって、症状も治療もケアの注意点も違いますが、ほとんど無視されています。「認知症」は、深く誤解された言葉だと私は思います。それは、「認知症」と診断された誰をも絶望させ、悪化させ、混乱させます。

認知症とは、本当は、どういう状態なのか。人間の脳とは、何なのか。脳の機能にはどんなものがあり、病気によって障害されるとどうなるのか……。まだまだ未知の部分が多い脳の世界を垣間見るために、この本が役立てばと思います。

急速に変わりつつあるとはいえ、レビー小体型認知症は、まだ知名度の低い病気です。私は、内科、眼科、整形外科で「レビー……？　どういう字を書きますか？」と医師から訊かれたことがあります。

では、264ページの症状集を見て下さい。「これだ！　父は、アルツハイマーじゃない！」と気づく方が、少なからず現れます。正しく診断されていないだけで、実際には、認知症の約5人に1人がレビー小体型だと専門医は言います。生前にうつ病、パーキンソン病と診断されていた人気俳優、ロビン・ウィリアムズも解剖によって、そうした症状がレビー小体型認知症によるものだったと判明しています。

私も41歳でうつ病と誤って診断され、約6年間、自分には合わない薬物治療を受けました。自分でこの病気を疑い、文献を読み漁り始めたのが、49歳。この病気について書かれたものは、活字でもウエブサイトでも片っ端から何でも読みました。この病気の家族会と連絡を取り、介護家族の方々から更に詳しい情報を得ました。

50歳の秋、専門医を受診しましたが、診断され、治療が始まったのは、翌年の夏。うつ病治療で劇的に悪化した日から、丸9年という歳月がかかりました。

しかしこれは、私にだけ偶然起きたことではありません。誤った診断や不適切な治療による悪化で苦しんでいる方が少なくないことを、この病気について調べ続けた4年間に知りました。

過去の主治医達への恨みなどありません。ただ、こうした医療に対して、多くの疑問と憤りがあります。一刻も早い改善を痛切に願います。

ブックマン社から執筆依頼を受け、参考にと見せた日記をこのまま出版したいと言われた時は、驚きました。家族も知らない内容です。でも、医師も含めて、誰も知らない、想像もできないことだからこそ、公表しなければいけないと考えました。

レビー小体型認知症、アルツハイマー型認知症、前頭側頭型認知症などの病気を診断された方、うつ病、統合失調症、高次脳機能障害、発達障害など様々な脳の病気や障害を持つ方にも、共通の苦悩、理解されない辛さ、生活上の困難があると思ったからです。

誰でも強いストレスを受け続ければ、脳の不調を起こします。交通事故にも遭います。脳の病気や障害は、明日にでも、自分や愛する人に起こる可能性のあるものです。でも、もし誰もが、正しく病気や障害を理解し、誰にでも話すことができ、それを自然に受け入れられる社会なら、病気や障害は、障害でなくなります。私は、認知症を巡る今の問題の多くは、病気そのものが原因ではなく、人災のように感じています。

今、診断された本人達を含め、ありとあらゆる分野のたくさんの方々が、認知症になっても笑顔で歩き続けることのできる道をつくり続けていらっしゃいます。そんなお一人おひとりの姿を見ると、深い感動と感謝で涙が出てきます。無数の方々が、長年にわたってひとつひとつ石を積み上げ、今、大きな道ができつつあります。私も先輩達が切り開いて下さった道があったからこそ、ここまで歩いてくることができました。何のキャリアもない、頼りにならない私でも、今、その工事の末端に加わり、汗を流してひとつの石を置けることを心の底からうれしく、幸せに思います。

書籍化に当たっては、抜粋した日記を更に大量に削らなければならず、私に力を与えて下さった多くの方々についての記述を割愛しました。ここに、皆さんへの感謝を込めます。私を見つけて下さった優れた編集者、小宮亜里さんにも。

2015年初夏　　樋口　直美

# 2012年秋　発症

「死にたい」という言葉でしか
自分の「生きたい」気持を表現できなかった、
と言われ、この一言で私は大いに教えられたのです。
――河合隼雄『ユング心理学と仏教』（1995年、岩波書店刊）

## 2012年9月23日　発症

9月19日、動く虫の幻視[1]を見た。その瞬間、悪夢が現実になったと直感した。幻視は、去年の春にも見た（歩く虫、人）。その後はなかったので、目の錯覚と思おうとしていた。でも錯覚にしては、リアル過ぎた。幻視について調べ、レビー小体型認知症を強く疑うきっかけになった。

調べれば調べるほど、症状が当てはまる。8年前のうつ病の診断、抗うつ剤でひどい副作用が出たこと、悪夢を見て叫ぶこと、様々な自律神経症状[2]（橋本病[3]のせいだと思っていた）。パーキンソン症状[4]はないが、あちこちにこわばりを感じる。

若年性レビー小体型認知症の情報は、ネット上にもない。『第二の認知症』[5]にあったのが、唯一の症例。急激に進行して、衰弱して、10年で亡くなっている。初診から6年後、47歳で。

恐い？　恐くはない。やり残したこともない。私は、十分に家庭の幸せを味わった。失うものはほとんどない。責任のある仕事もない。子ども達も成人した。

生きることは苦しいことだ。死ぬことは恐くない。ただ淋しい。

子ども達を見守っていくことができなくなることが淋しい。夫の描いていたのどかな老後の夢を壊すことが苦しい。オムツをするようになることが辛い。夫にも子どもにもさせたくないし、できないとも思う。

50代で入れる施設もないだろう。ボランティアを募集しようか。

1　実際にはないものが、ありありと見える症状。幻覚の一種。レビー小体型認知症では7〜8割の患者に現れる。早期から現れる患者は3〜4割。正確には、見間違いは、錯視（175ページ参照）と呼び、幻視は「現れる」などと表現するが、本書では「見える」のまま表記する。

2　自律神経の異常によって起こる全身の不調。レビー小体型認知症では、立ちくらみ、失神、倦怠感、便秘、頻尿、発汗障害、冷え、微熱など多種多様な不調が起こりやすい。

3　慢性甲状腺炎とも呼ばれる自己免疫疾患。甲状腺機能が低下し、むくみや倦怠感など多様な症状が現れる。

4　パーキンソン病などにみられる主に運動面の症状。筋肉がこわばる、動作が遅くなる、転倒しやすい、手足が震えるなど。レビー小体型認知症では8割近い人に現れるが、震えは目立たない場合がある。抗精神病薬などの薬によって起きたり、悪化することがある。

5　小阪憲司著『第二の認知症――増えるレビー小体型認知症の今』2012年、紀伊國屋書店刊。

## 9月27日　仕事早退

体調不良で早引き。初めて。風邪を装う。30分働いただけで6時間働いたような疲労感。寒気もひどかった。声も出にくい。胸のムカムカ。これは春によくあった。

ラジオ体操を4、5日前から真剣に始めた。進行を遅らせるため。体のかすかな変化にも気付くため。今のところ問題なくできる。去年位からヨガが気持ちよくできなくなった。爽快感を感じていたスロージョギングから爽快感がなくなったのは、春？どちらも理由がわからなかった。多分、体は、心より正直なのだと思う。体重が10日で2キロ減った。仕事をどうするか真剣に考え始める。辞めたくはない。でも、この体調が続けば仕事はとても無理だ。

スロージョギングも毎日しようと決めたが、今日は無理そう。頭、首、肩、背中に何か重く固いものが詰まっているような感じ。手のこわばりも若干。昼寝2時間。こしばらくそんな。

## 9月28日　運転中に見た蜘蛛

ひどい疲労感が続く。頭、首、肩の辺りが重く苦しい。どこかに行こうという元気が出ない。フェルメール展を楽しみにしていたのに。

色々小さなことを忘れる。今、しようと思ったこと。今日するべきこと。冷蔵庫に入っているもの。棚の中にあるもの。洋服ダンスの中。夕食を作るのがおっくう。メニューが思い浮かばない。

落ち着いているようで、何かがたまっている自分を感じる。孤独を感じる。衰弱して死んでいくことは恐くない。自分で自分がコントロールできなくなる日が来ることが恐い。家族を苦しめるのが恐ろしい。夫を残して逝くことが辛い。

運転中、とても大きな蜘蛛を見た。3～4秒だろうか。驚いて凝視すると目も毛も見えた。完全に本物だと思った。でもあんな蜘蛛が実在するだろうかと思う。肉眼で見える限度も超えている。前回は、9日前。動く虫。1秒を3回。これからどんどん頻度が増えていくのだろうか。振り回されるようになるのか。目を閉じても見えるのか。

幻視という現象を、面白いと思っている自分もいる。怯えている自分もいる。

## 9月29日　見当識障害

食後、どっと眠気とだるさが押し寄せるこの頃。30分後にアラームをセットして寝た。音が聞こえた時、今の状況がわからなかった。朝なのか、いつなのか。なぜアラームが鳴っているのか。こんなことは、初めて。考えて、『そうだ、私は昼寝をしたのだ』と思い出した。これが見当識障害[6]の始まりか。

夫に寄りかかって座っていたら涙が流れた。泣いたのではなく、ただ涙だけが自然に出てきた。間違いであれば、幸運だと思う。

## 2012年10月3日　暗闇

『レビー小体型認知症の臨床』[7]を読む。ますます自分に当てはまっていることに気づく。心に冷たい風が吹き抜けていくようだ。

進行を遅らせるために夕べ久しぶりに走りに出たけれど、暗闇の中に幻視を見そうで、恐くて恐くてたまらなかった。もう二度と夜、外を走れないと思った。

あれ以来、虫を見る度に、それが本物か幻視かと凝視する。人の幻視を見るのが恐い。

いつどこに現れるかわからないから恐い。しかも本物と全く見分けがつかないのだから。せめて虫だけでおさまっていて欲しい。

9月30日は、仕事で常に使っている内線番号を忘れた。曜日感覚もぼやけている。何でも忘れるわけではない。むしろいつ何を忘れるかわからないから恐い。突然、スコンと抜ける。知らない間に消える。だから余計、ぞっとする。

6　「今がいつか」「ここがどこか」など自分がいる状況を把握する機能が低下した状態。
7　小阪憲司、池田学著。2010年、医学書院刊。

## 10月4日　津波

今日も仕事でミス。一度も忘れたことのない手順がわからなくなった。こういう瞬間が、本当に恐ろしい。何もかもが、崩れ落ちていく気がする。

仕事中、ふと津波が来ることを想像した。
私は、幸せな気持ちで波に向かって歩いていくだろうと思った。
恐怖だった津波が、今は、救済に代わっている。
私は、死にたいのか。私は、死にたいのか。仕事をしながら泣きそうになった。
私は、死にたいのだ。決まっている。死ぬ方がよっぽど楽な道だ。
自らの尊厳を保てる。家族に負担をかけない。

でも私は死なない。
私は、この病気を知り尽くす。苦しみから学び、学んだことを人に伝えよう。
自分では冷静に受け止めていると思っているのに。ポジティブにすら受け止めていると思っているのに。私は、確かに、うつになっている。

私は、ここで踏みとどまれるのだろうか。このまま闇に飲み込まれていくのだろうか。

## 10月6日　何もかも夢

昨日はちょっとうつっぽい以外は何もなく、自分は、全く問題ないのではないかと思ってしまう。甲状腺機能[8]が少し低下したと言われた。すべての症状は、そのせいで、薬で治ってしまうような気がしてくる。何もかもが夢で、現実ではないと思える。今日、子どもが見えた。初めて。はっきりとではないけれど。朝、虫も何度か見た。本物に見えた。けれども消えた。幻視なのか、本物なのか、全くわからない。幻視が見える頻度は、どんどん増えていくのだろうか？　車に乗ってはいけないの

---

8　甲状腺ホルモンを作る機能。甲状腺ホルモンは、新陳代謝を調節するホルモン。バセドウ病や橋本病は、甲状腺の代表的な病気。

か。

末期がんを告知されるのと突然死と認知症を告知されるのと、一番苦しくないのはどれだろう。

私は、死なない。そう決めた。自分では死なない。

けれども食べられなくなったら、自然死させて欲しい。文書化しておかなければ。

死んだら献体し、脳を解剖してもらおうか。

まだ[9]軽度認知障害のレベルだから、やれることはたくさんある。たいしたことはないとも思う。ただ抑うつが強くなったら何もできなくなる。それが困る。

私の理性はどこまで働くのだろうか。私は、いつ病気に脳を乗っ取られるのだろうか。病名を伝えたら友人達は離れて行くのだろうか。そういう人もいるだろう。仕事を辞めたら、家にいれば、問題なく生活を続けていけるだろうか。

今日、思った。私は、うつ病と診断された頃も認知症のようだった。それでも何とか穏やかに生活できていた。なら大丈夫じゃないか……。

## 10月7日　幻視への恐怖

幻視を見た。
恐い。幻視がたまらなく恐い。
どうやって平静を保てばいいのだろう。見たくない。人は見たくない。
今、ひとりで居て、部屋の中に男が立っていたら、こちらに向かって歩いて来たら、
私はいったいどうしたらいいのだろう。
誰がこの恐怖を理解できるだろう。

9　MCI（Mild Cognitive Impairment）とも言う。認知機能に軽度の低下はあるが、日常生活は自立している状態。原因はさまざまで、認知症の前段階の場合もあるが、回復する場合もまれではない。

## 10月8日　病院初診前日

仕事。昼食後、猛烈な眠気。2～3時も眠気と倦怠感。ひたすら横になりたい感じ。手のこわばりが出た。朝はなかったのに。寒気もひどかった。こうなると辛い。上司に初めて体調が悪いこと、精密検査を受けること、その結果で今後のことを考えるつもりだと伝えた。やっぱり続けられないかと思う。こんな体調ではキツ過ぎる。でも仕事を辞めたら淋しい。収入がなくなると子どもの学費に困る。

明日のこと、夫に何と話そうか、ずっと考えていた。「まだ超早期だから全然平気だよ」と笑って言うことはできる。けれども夫は笑えないだろう。深刻過ぎる。

他に幻視の見える病気って何ですか？　[10]統合失調症？　脳腫瘍？　病院で「次回、ご家族を連れて来て下さい」と言われたら？　明日、どこまでわかるだろうか。

私はあと何年正気を保っていられますか？　私の理性は、いつまで病気に勝てますか？

## 10月9日　初診（家族会のKさんへのメール）

今日、ご紹介頂いたX病院に1人で行って来ました。

予想通り、レビーの可能性が非常に高いと言われましたが、MIBG心筋シンチグラフィ[11]とSPECT[12]とMRIの検査を2日に分けてし、結果を見ないと断定できないと言われました。

ただ、まだ治療する段階ではないと。治療するとしても少量の抑肝散《よくかんさん》[13]。「アリセ[14]

---

10　幻覚（主に幻聴）や考えがまとまりづらくなるなどの症状があらわれる脳の病気。約100人に1人がかかる頻度の高い病気でもある。若い人が発症しやすい。早期からの治療によってよりよく回復すると言われている。2002年までは精神分裂病と呼ばれていた。

11　心臓交感神経を調べる画像検査。レビー小体型認知症では69％（診断から2年未満では56％）に異常がみられる。（『老年精神医学雑誌』第28巻2号に掲載の内海久美子らの論文から）

12　脳の血流を調べる画像検査。レビー小体型認知症では76％（診断から2年未満では56％）に後頭葉の血流低下がみられる（出典は11と同じ）。

13　漢方薬。神経の高ぶりを鎮めるといわれる。レビー小体型認知症の幻視や不眠に広く処方されている。むくみや低カリウム血症などの副作用が出る場合もある。

プトは？」と訊くと、「問題が出る場合もあるし、まだ使う段階とは思わない」。『早期発見早期治療ってそんなものか』とちょっと失望しました。

医師からの慰めとか励ましとか精神的なフォローは一切なかったです。私が平静だったからかも知れません。私自身は、去年から覚悟していましたから（去年は葛藤がありました）、今は平静です。ただ夫にどう話すか、それが今の悩みです。

広い待合室のテレビで山中氏ノーベル賞受賞のニュースがずっと流れている。「研究者の1日1週間1カ月と、患者のそれとでは、全く違う。この技術は、まだひとりの患者も救えていない」と語っている。

心打たれる。この人は、身を捨てて使命感に生きている。患者の痛みを自分の痛みと感じている。一日でも早く患者を救いたいという思いひとつで働いている。同じ50年を生きて……。でも、思いだけは、私も。

## 10月10日　夫のメール

翌朝、やはり落ち着いている。

私は、人生を完成させるチャンスを与えられたと思える。

ただ夫には言えなかった。夫を奈落の底に突き落とすことを考えると何より辛い。

昨日、私を気遣う夫のメールを見て、初めて声を上げて泣いた。


治療をしないってことは、お金がかからないってことだ。がんを告知されたら、その日からお金の心配が始まるだろう。考えてみればラッキーじゃない？

私は、自分では死なないと決めた。それは、覚悟。

死なないと決めたからには、生きる。

長くなくていい。10年、いや5年だって構わない。私は、フルに生きる。

14　エーザイ株式会社が製造販売するアルツハイマー型、レビー小体型認知症の治療薬（レビー小体型認知症への適応が承認されたのは2014年）。脳内のアセチルコリンの量を増やす作用がある。一般名ドネペジル塩酸塩。

## 10月13日　霧

ここ数日、言葉がパッと出ない時が数回あった（たとえば「素材」という言葉）。今まで一度もなかったこと。

しかし幻視はない。あるのかも知れないが、もう確認しない。疑い始めたら、全ての虫、猫、人を疑わなくてはいけない。これさえなければ、全てはうつ病のせいか、橋本病のせいと思える。

違う。きっと違う。違っていて欲しい。そう思っている、確かに。不安なのだと思う。恐いのだと思う。孤独だ。

死ぬことは恐くない。理性を失うこと、言葉を失うことが恐ろしい。


スーパーに行って、何を買えばいいのかわからなくなってきている。数日分のメニューをパッと考えて、それに必要な食材を選ぶという段取りができなくなってきている。生活用品売り場を歩いていて、知らない街を歩いているような気がした。家に何がなく、何が少なく、何を買っておけばいいのか、まったくわからない……、そう思った。

なんだろう。自分の世界に霧がかかったような。何をわかっていて、何をわかっていないのか、よくわからない。今まで自然に把握していたことが、把握できていないということだけはよく自覚している。

よく考えれば、記憶を辿れば、ある程度わかるはず。でも考えるという行為の前に、呆然としてしまって、未知の何か恐ろしい物の前で足がすくみ動けない状態になっている。

慣れていくのか。慣れていくのだろう。

人間は、どんな苦しみにも慣れてしまうものだから。

## 10月14日　本物にしか見えない

今日は特に異常を感じなかった。ただ猛烈な眠気はある。食後1～2時間後ぐらいか。[15]脳貧血のような感じ。今朝は5時過ぎまで眠れた。

このまま幻視が出なければいい。毎日見えた時は、怯えていたが、今は忘れている。

夜中、トイレに起きた時、扉を開いて男が居たらどうしようかと本気で心配していた。道を歩きながら、この猫は本物か、この虫は本物かと思いながら歩いていたので疲れた。確かめる術などほとんどないのだから確かめることはやめた。

テレビでパンくずが虫に見えてトーストが食べられないと聞いた時、不思議に思った。ただの幻だと頭で理解すれば食べられるのではないかと思った。今は、わかる。絶対に（！）食べられない。本物にしか見えないのだから。

頭をツボ押し棒で押すと、飛び上がる位痛い所があることがわかって、そこを時々押している。脳内の血流と表層は関係するのだろうか。血流を良くするのだから鍼もある程度効くのだろう。ただ、費用を考えるととても通えない。夫とは、今は何でもオープンに話せるから精神的に救われる。

## 10月15日　ひとつひとつ返す

夕べは久しぶりに5時間半位熟睡できた感じ。寝る前に頭皮やら足やらマッサージしたのが効いたのか。

でも仕事は苦しかった。この症状を何と説明すればいいのかわからない。

倦怠感、疲労感、うつ？　人と話したくない感じ。全然集中できない。ぐったりして、何もしたくない。簡単な計算ができない。笑えない。考えられない。同僚からは、生気がないと言われた。うつ病ととても似ているけれども、うつ病とは違う。でも私のうつ病は、認知症の初期症状だったのか？

認知症よりは、がんで死にたい。でもがんで死ぬのも楽じゃないだろう。

がんであと1年の命と言われたら何をするだろう？　あと半年の命と言われても、今の私は淡々と生きる気がする。

ひとつひとつ返していくんだな。体も頭の中のものも。

いきなり全部じゃない。ひとつひとつ。それならそんなに恐くはないよね。

15　脳を流れる血液の量が一時的に不足して起こる状態。原因は、自律神経の働きの低下などさまざまで、めまいや頭痛、意識消失などが起こる。

## 10月16日　別人の顔

最近、曜日がわからなくなってきた。週の初めなのか終わりなのか、考えないとわからない。日がわからなくなったのは1年前？　もっと前か？　旧友の名簿管理ができなくなってきたのも1、2年前。お年玉の額を間違えたのも連続2年と言われた。

時々悪臭が辺り一面に漂っているように感じるのは、幻臭なのか？　臭覚が鈍くなっているように思うが、匂わない匂いの存在はわからない。

今日は、午後の異常な眠気がない。昨日は仕事が終わる頃が悪くて、皆に心配された。

帰宅して夕食は一品のみ、なんとか作れた。食べた後は、すぐ寝た。家族の帰宅で起こされ、すぐまたお風呂にも入らず寝た。最近2度目。

気持ちは別に落ちてはいないけれど、何もしたくない。顔も変わっている。死んだような顔。別人のようだ。

仕事、あと1カ月続けてくれと言われたけれどできるのだろうか？　この顔であと1カ月やるのだろうか？

小阪、織茂医師共著の本が届く。[16] 若年性レビーの罹患期間は8年と書いてある。私は、8年で死ぬだろうか？　別に何とも思わないのはなぜだろう？　実感がないからか。ただ早く身辺整理をしなければと思う。家中を整理してわかりやすくしておかないと。自分のためにも家族のためにも。

今日、調子は悪くないが、肩甲骨から上辺り、肩、背中、首、頭に重苦しい鈍痛を感じる。もの凄くひどい肩こりのような。もう1カ月くらいずっとそうだ。

## 10月17日　ピースの抜けたパズル

自分の思考能力や判断力が落ちているとは感じないが（とっさの判断力はダメ。うつ病と診断された時からだが）、色々なものが消えているというのは、日々実感する。

「明日やらなければいけないこと」を昨日は、いくつも考えていたのに、今日、それ

16　小阪憲司、織茂智之共著『「パーキンソン病」「レビー小体型認知症」がわかるQAブック』2011年、メディカ出版刊。

が思い浮かばない。それを忘れないようにどこかに書いた気がするのに、見つからない。生活自体が、ピースのたくさん抜けたパズル絵のようで、全体が、把握できない。何か見知らぬもののように感じられる。何時に何をして、どういう順序で……という段取りができない。

昨日は久しぶりに歩く虫を2回見た。1秒ほど。初めてゴキブリのような虫を1回。今日は、久しぶりに手のこわばりも感じる。ここ数日疲労感激しく、テレビのラジオ体操以外はしていない。有酸素運動がきっと効果があると思うが、強い疲労感やうつっぽさ（何もしたくないと思う）があると一歩が出ない。

考えてみれば、うつ病がひどかった時（うつ病ではなく認知症の初期症状だったというべきなのか？）も認知症とあまり変わらない状態だった。何もまともにできなかったし、頭も動かなかった。あれと同じになるのだと思えば、なんとかサバイブできるような気がする。何といっても体験済みだから。ただ、BPSD[17]となると、話が変わってくる。それさえ避けられれば、静かに植物のように生きられると思う。

夫が可哀想だと思うが、もうそれは考えないようにしようと思う。どうにもならないのだから。考えたらうつの闇に沈み込んでいってしまうだろう。

なるべく笑っていたい。小さなことでいい。夫と一緒に他愛なく笑う日常こそが、人生の幸せなのだと思う。グルメも旅行もモノもいらない。普通の日常が欲しい。

## 10月18日　仕事の限界

独居老人が増え続けるという朝のニュースを見て「ひとりで何でもできるように訓練しとかなくちゃね」と夫に言うと「グループホームに入るからいい」「健康な人は入れてくれないよ」「この家に同じような人を集めて一緒に暮らすからいい」「再婚すればいいよ。あ……こんな酒飲みのところに来る人はいないか」

長年「絶対にあなたより先に死ぬ」と言い続けていた人が……。何も言わず、淡々

---

17　Behavioral and Psychological Symptoms of Dementia（認知症の行動・心理症状）。「中核症状」に対して、「周辺症状」ともいう。攻撃的言動、妄想、幻覚、抑うつなど介護を困難にする症状。環境によるストレス、身体的な問題（便秘、痛み、脱水など）、薬の副作用で起こることが多く、予防したり、治めることができると言われている。レビー小体型認知症とアルツハイマー型認知症とでは中核症状と周辺症状が異なる。

としているようで、既に覚悟している？　私の知らない所で泣いているのだろうか。銀婚式を迎える2年後、私は、どこまで進行しているのだろう。歩けるのか？　笑えるのか？　2人で旅行に行けるのだろうか。

『一緒に歳をとりたかったな……。ずーっと一緒に……』

仕事中、そんなことを考えるともなく考えていると涙がこみ上げてきて、慌てて気持ちをそらせた。何とも感じなかったのは、やはり気持ちを抑圧していたせいなのか。夫のこれから、夫の老後を考えると常に涙が出る。

今日、仕事でまた大きなミスをした。上司に問いただされて「覚えていません」と言うと、「覚えてないわけがないだろう！」と言われた。同僚からは「まだ若いのに何言ってるの？」。これが若年性認知症の患者の直面する問題か。

同僚達に迷惑がかからないように、あと1カ月歯を食いしばって働こうと思っていた。でも、もうダメだ。どんなミスをするかわからない自分が恐ろしい。

虫を見てから丁度1カ月。こんなにも突然、足元が崩れていくなんて。まるで震災のようだ。この勢いで、失っていく？　いや、そんなことはない。そこまで進行は早くないはずだ。

でも今日初めて思った。私は、母のお葬式に出られるだろうか？　私と父は、どちらが先に死ぬのだろうか？　未来が読めないという点では、がん患者と同じか。

## 10月19日　自分への違和感

11時過ぎに寝て3時50分に覚醒。眠れないので起きる。朝からの疲労感。首、肩、頭に何か重い物が詰まっているような不快感。最近は、毎日このパターン。

淋しさ。言いようのない淋しさが広がって行く。社会とのつながりを絶たれたような……。決してそうではないのはわかっているけれど。

恩師のH先生と連絡を取りたいとずっと思っているが、何と言えばいいのかわからない。「元気にしています」と嘘をつけばいいのか。いいのだろうが、私にはできない。

私は去年「幻視が見える」と決して誰にも言えなかった。恐ろしくて。それは「人を殺しました」と言うのと同じような感覚。

理性では、『あれは目の錯覚とは違う。リアル過ぎる』とわかっていて、感情は、『目の錯覚だ。目の錯覚なのだ』と叫んでいた。実際、『目の錯覚だとひとまず思おう』と決めた。でも発症は免れないと思っていた。だからもう今さら怖くはない。来るべきものが、来ただけだから。

[18]若年性アルツハイマー病の初期症状が「自分自身への違和感」と聞いた時、具体的にどんな違和感なのだろうと思った。私の違和感は、以前とは違う自分を発見した時の感覚。

好きだった料理をひどく負担に感じるようになった。まな板が汚れているのに嫌悪感を感じない。不注意で倒す、こぼす、皿を割ることが増えた。歯磨きしたかどうかを思い出せない。料理をしながら味見用の皿やスプーンをいくつも出す。何を着るか、何がタンスに入っているか、思いつかない。戸棚の中に何が入っているのかわからない。生まれて初めてかばんを忘れて来た。信号無視したことに通り過ぎてから気付いた。

小さなことだけれど大きな違和感を感じてきた。以前の私とは違う。なぜ？　と。でも夫の物忘れもひどいから、これが歳をとるということかと思ってきた。そういえば、半年以上前から「(夫) 言った」「(私) 聞いてない」という会話が増えた。私は自分の記憶を信じていたから夫の記憶を疑っていた。子どもから「お母さん、変だよ」「絶対交通事故起こすよ」などと今年になって言われた。

毎日書いている。書いておかなければ、全て消えてしまう。私の記憶も、私の理性も、私という人間も。

## 10月20日　進行

昼寝をして悪夢を見た。仕事をしていて、耐えられないほど具合が悪くなる。早退したいと言って叱責される。あまりにも生々しい夢だった。

いつも通り夫とスーパーに買い物に行く。どこに何があるかよくわかっているはず

18　アルツハイマー病のうち、64歳以下で発症した場合をいう。初期にはうつ病と間違えられやすい。記憶障害は比較的軽く、失語 (聞いた単語の意味がわからなくなるなど) や視空間認知障害 (車の車庫入れが難しくなるなど) が「もの忘れ」よりも目立つ場合がある。

なのに、2つ、どこにあるのかわからず探しまわった。なぜどんどん進行していく?

こうしてある日突然、家に帰れなくなるのか? 家の中でトイレを探し歩くのか?

完全にうつ状態。家に帰ってしばらく寝ていた。『これではいけない』と思って夫と散歩に出た。景色も人も遠くに見える。手を伸ばしても届かないような。気持ちを持ち上げないと。笑えるDVDを借りてこよう。うつに効くアロマって何だっけ? 体も動かさなければ。

## 10月21日 体に良いことリスト

今朝は、昨日のうつ状態がない。でも、4時間半しか眠れなかった(長年断続的に睡眠導入剤を使っていたが、去年から効かなくなってやめた)。でももういい。仕事は辞めたので、昼寝をすればいいだけのこと。

うつ状態でさえなければ、気持ちはとても前向きになる。体に良いことは脳にも良いのだから「体に良いことリスト」を作って、片っ端から効果を試そうかとか。ストレスなく楽しく過ごすことが何より脳に良いのだから、自分にとって最も楽しく、快適で、気持ちの良いことも全部書き出して全部やろうとか。そんなことを考えているとワクワクしてくる。結構なことだ。

## 10月22日　無能な人

職場から退職手続きのことで電話。「皆、寂しがってますよ」と言われる。皆の笑顔が思い浮かぶ。辞め時だったのだと思う。あれ以上、ミスを重ねていたら、もう誰からも惜しまれなくなる。どうしようもない無能な人だと思われて辞めるのは辛い。うつ病治療中に何度も繰り返してきたように。

本屋でパーキンソン病の本を見たら鍼治療のことが書いてあった。大杼《だいじょ》[19]、風門《ふうもん》のツボが効くと。筋固縮《きんこしゅく》[20]は、その辺りから始まると。春からその辺りがひどく凝って痛い

2019　共に背中の上部に位置する鍼灸のツボ。風邪の諸症状にも効果があるとされる。
パーキンソン症状の一つで筋肉がこわばる症状のこと。レビー小体型認知症の8割弱の人にも現れる。

のは、そのせいなのか？　パーキンソン症状の始まりなのか？　だんだんひどくなってきていると感じる。ほとんど一日中常に痛い。

## 10月23日　異常なし（Kさんへの報告メール）

今日再びX病院に一人で行ってきました。MRI正常（レビーではよくあるそう）。心筋シンチには異常は出ていないと言われました。脳血流検査は撮影直後だったため画像処理が間に合わず。「今は、レビーの疑いがあるとしか言えない。今後、3カ月毎の経過観察。症状が悪化したらすぐ来るように」と言われました（しかし前回の話では、すぐ行っても抑肝散です）。状況証拠は、限りなく黒だけれども、物的証拠がないから断定する訳にはいかないという感じです。

X先生もほとんどレビーだと考えています。幻視がレビー特有の内容であること。認知機能テストで計算だけができないのは注意障害というレビーの特徴だと。

他に幻視の出る病気とその可能性を質問すると、「統合失調症。アルツハイマー病。共に可能性は極めて低い。橋本脳症でも認知機能低下が起こるがこれも可能性が低い」。

レビーだとしたらどこで発症したのか、うつ病と診断された時かと質問すると、「そうだと思う。うつ病ではなく、レビーの症状だったと考えられる」と言われました。

進行を遅らせるために、私にできることは何かと訊くと、「できることはないんです。今まで通りの生活を続けて下さい。家事をし、仕事をし、趣味をし、散歩をし。そういうことを今まで通り、というか、今まで以上にすることです」。

全身の細胞が、その言葉を跳ね返しました。そのまんまぶつけ返したいと思いました。いえ、X先生にではなく、今の認知症医療というものに。死神が、私の真後ろで今にも鎌を振り下ろそうとしているのに、「斬られるまで放っておけ」と言われた気がしました。お陰で元気が出てきました。「自分で進行を止めてやる！」と闘志が湧いてきました。8年前からレビーなら、進行は、極めて遅いじゃないですか。いまだに脳の萎縮もないのだから、まだまだこの先、ずっといける。勝手にそう思って安心もしました。長くなってしまいましたが、そんな曖昧な結果でした。10個位の質問を用意していたのですが、診断されなかったのでほとんどの質問は、訊けなくなりました。次回色々聞いてみたいです。取り急ぎ（ちょっと鼻息荒いまま）ご報告まで。

## 10月24日　パーキンソン病との違い

今日は辞めた職場に手続きのことで出掛け、色々な人に挨拶。どの人も私の体のことを心配してくれた。私は、この人間関係を断ち切ってしまったんだなと思う。うつ病と誤診されていた時期、私は所属していたグループからことごとく離れてしまった。そうするしかなかったのだが、それは認知症には良くない。

昨日、丸善に行ってレビーの本を探すが、ほとんどない。パーキンソン病の本を見た。一般向け10冊位の中の数冊に、鍼治療、入浴、運動などが効くと書いてあった。パーキンソン病に効く鍼灸のツボ（背中上部。頭頂部。眉の中央など）を見ると私が強い痛みを感じる部分と重なる所が多い。偶然とは思わない。これらのツボは、同類であるレビーにも効果があるはずだ。

専門書を読むとレビーと同じ症状がズラリと並んでいた。幻視や認知機能低下まで。

違いがわからない。パーキンソン病の患者も、レビーとの区別がつかず混乱するだろう。

## 10月25日　神社

ネットでレビーの最新情報を探し続けている。レビーを診られる病院なども調べるが、これだというものがない。調べても調べても良い情報が見つからないとイライラしてくる（珍しい）。「私を助けてよ！」と心の奥で叫んでいるのがわかる。「本当に橋本病なんですか？　抗体は出たんですか？」というX医師の言葉も引っかかる。抗体は出ず、セカンドオピニオンを求めた病院で、「抗体が出ない数％のタイプ」と言われた。

自転車で15分先の銀行まで行く。坂が多くて息が切れる。結構な有酸素運動だ。帰りに遠回りしてK神社に寄る。何年振りだろう？　大きな木が沢山あって清々しくとても気持ちがいい。良い「気」を感じる。頻繁に来たら絶対心にも脳にも効くなと思う。写真撮影の花嫁花婿が二組。子ども達の結婚式は、何年後だろうか。お宮参りの時、私は、ちゃんと祖母の役割を果たせるのだろうか。

家を出て1時間20分後に帰宅。疲れた。でも心は、かなりアップした感じ。

## 10月26日 草木と認知症予防

3時に目覚めて眠れず、午後昼寝をすると2時間位起きられずの日々。

久しぶりに近所を1時間ほど散歩。花はあまりないが、どの草も落ち葉もどんぐりも何もかも愛おしい。認知症予防に一日10回感動を、と何かに書いてあったが、草木を眺めて歩くと軽く10回はいく。

今日は、2回実際にあるもの（模様とか）が動く虫のように見えた。一瞬だからいい。リアルな虫がずっと見えるのは怖い。

## 10月27日 ツボ押し効果

夕べからうつ状態が強い。気持ちが落ち込むという感じではないが、会話をしたくない。何もする気にならない。倦怠感がひどい。夕食は残り物を出しただけだったが（あんなことは初めてだ）、夫は何も言わなかった。背中を揉んで欲しいと頼むと長い時間揉んでくれた。お陰で気持ちよく長く眠れた。6時間弱。

午後、家にこもっていてはいけない（精神的にも脳にも）と危機感に駆り立てられ、とにかく自転車で走り出した。K神社は、まったく別ルートで行けば近いのだと初めて知った。また花嫁花婿やお宮参りの一族がいる。

1時間後に帰宅。激しい疲労感で寝込む。調子が良くないと、体を動かすことが快ではなく疲れだけ生むというのは、なんとも悔しい。脳には運動が良いはずなのに。

この頃、盛んにツボ押しをしているせいか、いつの間にか頭痛はなくなった。締め付けるような痛みが頻繁にあった。頭皮を刺激しても強い痛みを感じる所がなくなった。

今日は、幻視らしい幻視はないが、一瞬の見間違いのようなものが数回。はっきりとはしないが一瞬、人が見えたような気がした。物忘れがひどくなっている気がする。一日に何度も色々なものを探す。過去にはなかった。

「今、何をしようとしていたんだっけ？」ということが続けざまに何度もある。困らないように手を打たなければと思いながら対策が取れていない。対策が取れないということも認知機能の低下なのかと今日初めて思った。忘れてはいけないものは、目に見える所に置いているが、散乱するばかりで、その山の中に何があるのか、記憶に何もない。

簡単な計算もダメだ。ただ家族と話していて、知的能力が低下しているという自覚はまだない。子ども達もまだ何も気が付いていないはず。

## 10月29日　天使

知り合いのAさんが言った言葉をずっと反芻している。

「この世とあの世の間で少しの間、天使になるのが認知症。その前に悪魔になる時もあるんだけどね」「「認知症になった？　おめでとう」って、私は言いたい」。

Aさんのお父さんは、認知症によって本当の姿を現し、それはAさんにとってたまらなく愛おしいものだったと言う。

介護は、介護する側の人間性もあらわにする。Aさんは、お父さんを天使にする人間性を持っていたのだと思う。

私は、認知症患者としての自分が天使になれるとは到底思わない。「良い人」の仮面が剝がれて、一生のあいだ抑圧してきた負の感情が噴き出す気がする。

その時の記憶は残るだろうか。自覚はするだろうか。

それでも私は生きていけるだろうか?

## 10月30日　レビーフォーラム

レビーのフォーラムに行く。ネット上でお世話になってきた家族会の人達と初めて会い、話ができた。そうそうたる方々。

帰りの電車でなぜか涙があふれる。レビーに精通した人達と出会えたから? 10年進行しない人もいると聞いたから? でも寂しさも感じている。私は、あの会場にいた人達のグループに属していない。

あちらの世界とこちらの世界があるのなら、私は、既にあちらの世界の住人になっている。夜中に殴り掛かられて苦しめられる家族の側ではなく、（いつか）家族を苦しめる側の世界。明るく元気そうな人達が、遠い世界の人に見える。うつのせいもあるのだろう。自分がここまでうつ状態だとは、今日まで気がつかなかった。

丸い月が美しい。月はずっと好きだったのに、月の光にこんなにも慰められると感じるのは、初めてだ。

### 10月31日　幻聴

毎日の耳鳴り。今朝は、ひどくなっている。

ふと思い出した。幻聴は、うつ病と診断された8年前からあった。5時に町内で鳴る音楽が、違う時間に繰り返し聞こえた。あの時、医師に伝えたが、首をひねっていた。

### 2012年11月1日　『最強のふたり』

『最強のふたり』[21]という仏映画を見に行く。笑えるヒューマンドラマという評を読んで。ラストのフィリップ（車いすの人）の表情は、本当に素晴らしかった。『レナード[22]の朝』のダンスシーンを思い出す。

「あんたは悲劇に慣れてるけど、俺は違うんだ」という台詞があった。

確かに悲劇は慣れる。その時は、悲劇だと思っても、それが日常になり、生活になり、悲劇も喜劇も一緒になる。

人間は、すべてのことに慣れる。慣れた者勝ちなんだろう。たぶん。

ただ、2時間座っているのが辛かった。背中が痛い。疲労感が強い。午後はまた2時間近く昼寝をしてしまった。こうして一日があっという間に終わる。仕事を辞めて14日目。やらなければと思っていることが全然進んでいない。

ものが次々となくなって困る。今日は時計。置き場所を決めてあって、そこ以外に

21　2011年公開の映画。頸髄損傷で体が不自由な富豪と介護人となった貧しい若者との交流を描く。

22　1990年公開の映画。ロバート・デ・ニーロ主演。ロビン・ウィリアムズ助演。オリヴァー・サックス原作。患者と医師との交流を描いた名作。

置いたことはなかったのに。食事もメニューが浮かばない。単純なものばかりになる。何品も作れない。毎日淋しい食卓が続いている。

今日は一度も幻視を見ない。ただ幻聴なのか、私しかいない家に何度も色々な物音が聞こえた。まるで誰かがいるよう。恐る恐る扉を開けたが、誰もいない。

## 11月3日　社会的信用

今、現実の世界に生きていないような気がする。実際どこにも属していない。人と接したいと強く強く望むのと同じ位、人と会いたくないと思う。体調のこと、仕事を辞めたこと、何も訊いて欲しくない。何も話したくない。

人の役に立ちたい。人の役に立って死にたい。

でも、私がレビーと診断されたら、私が書くことの信憑性は疑われるのだろう。レビーでもレビーでなくても、私は、社会的信用を失っている。

昨日は比較的調子が良くて、病気のことなど忘れていたのに、今日は、朝から疲労感が激しい。耳鳴りもひどい。耳のツボを押すと小さくなるが、またすぐ大きくなる。夫もダメージを受けているのがわかる。当然だと思う。かける言葉がない。

## 11月5日　見捨てられた存在

夕べは3時位に目が覚め5時までは布団の中。途中短い間は眠ったかもしれない。幻視はない（嬉しい）。昼食直後にいつもの発作のようなしんどさ。9月位から。食後1〜2時間後位も多い。眠くはないが座っていられなくなる。横になると寝てしまう。起きても気分が悪い。急激な低血圧かと思うが、血圧を計ってもはっきりしない。低血糖[23]？

若年性レビーのことをネットで調べ続けているが、情報はほとんどない。医師のブログに貼り薬で調子が良くなった例がひとつあった。

---

23　血糖値が低くなり過ぎた状態。症状として倦怠感、動悸、眠気、頭痛、意識の混濁など。

若年性レビーなど、見捨てられた存在なのだと思う。「さっさと衰弱して死になさい」と言われている気がする。被害妄想か？　「そんなひどい時代があったんですか⁉」と皆が驚く時はいつ来るのだろう。私は、踏み石になればいい。

## 11月6日　葛根湯

家族会のKさんから、背中上部の痛みに葛根湯《かっこんとう》[24]が効くと聞いて、買ってくる。毎日食後には急激に具合が悪くなるのに、今日はそれがなかった。背中（首の付け根）の痛みもほとんど感じない。嬉しい！　元気だとあれをしよう、これをしようとどんどん意欲がわく。

耳鳴りは、ずっとひどい。あれこれ試しているが、ほとんど効果なし。今日YouTubeで見つけた「耳の穴を広げる」方法をやってみたら即効性があった。ただ持続性はない。

## 11月7日　大笑いできる日

少し精神的に落ち着いてきた気がする。レビーに精通するKさんもいるし、私は、恵まれているし、大丈夫だと思う。

ふっと『レビーじゃないんじゃないか』と思う時もある。更年期障害とかうつ病とか橋本病の症状で、たまたま脳の誤作動で幻視が見えただけじゃないか、と。『違ってました。ごめんなさ〜い』と大笑いできる日が来るんじゃないかと、かなり本気で思う瞬間がある。現実逃避なのか、何なのか……。

レビーだろうがレビーでなかろうが、生活は続いていく。食事の支度はしないといけないし、掃除もしないといけない。生活の中で病気のことは、紛れていく。

24　漢方薬。風邪の引き始めの他、筋肉のこりや痛みなどにも効果があるとされる。

## 11月8日　パレイドリア

ここ数日、はっきりした幻視も見えず（視界の外れで何かが動いたような感じはあった。光や黒いものがそう見えることが多い）、昨日に続いて今日も食後の発作のような疲労感も出ず、明るい気持ちでいた。

今日写真を見ていて、何かぼんやり映っているものが人の顔に見えた。クリアーではないが、そうとしか見えない。犬の顔も見える。初めてだ。

パレイドリア[25]という現象を利用してレビーを識別するために植物の写真を見せるという記事があった。私は、その写真の中にたくさんの人や動物の顔を見るのだろう。「暗い所、認知機能が落ちた時、幻視が見えやすい」とネット上に書いてあったが、私は、ほとんど昼間に見ている（人だけは、暗い所が多い）。頭がぼんやりしている時でも、体調が悪い時でもない。ごく普通の時に、突然見える。

最近、音が違う方向から聞こえることが度々ある。後ろにある携帯の着信音が前から聞こえたり、テレビの音が、別の部屋から聞こえたりする。

## 11月9日　受診までの経過

（体調不良は、長年出たり消えたりをくり返している）

1998年　原因不明の咳続く。アレルギーの処方薬で朦朧《もうろう》となった。

2000年　疲れから1カ月間ほど燃えつき症候群のようになる。

この頃から（？）殺される悪夢を見ては叫ぶ（レム睡眠行動障害）[26]。翌年頃から夜、車の助手席に女性を度々見る。

25　壁のしみ、木目、雲など形の曖昧なものが人の顔や動物などに見える現象。レビー小体型認知症では特に起こりやすい。

26　RBD（REM Sleep Behavior Disorder）レム睡眠の時に、夢の内容の通りに体が動いたり、大声ではっきりと話したり、叫んだりする睡眠障害。レビー小体型認知症やパーキンソン病では、発症のかなり前から起こる場合がある。RBDがあっても必ずレビー小体型認知症を発症するとは限らない。

2004年4月　原因不明の左股関節の激痛。同年6月、不眠で受診。うつ病との診断。抗うつ剤（パキシル）と抗不安薬を処方され、失神、手の震え等、心身の状態が劇的に悪化。仕事を続けられなくなった（抗うつ剤はアモキサンに変更）。2010年1月まで薬物治療を続けたが、薬をやめると回復した。

2011年春　幻視（虫や人）を立て続けに見て、調べ始める。レビーを強く疑うが、その後、見なくなった。記憶障害はないが、将来の発症を強く意識する。

2012年3月　筋肉痛、続いて関節痛で病院へ行くが原因わからず。

4月　橋本病と診断され、治療始める。この程度の数値でこれほど多くの症状が出る人はかなり珍しいと言われる。抗体も出ない。

3月〜4月に出た症状：うつ、むくみ、4キロの体重増加、だるさ、寒気、体温低下、声が出にくい、汗が出ない、眠気、筋力低下など。長年の便秘が悪化。

5月　治療で回復するが、6月（梅雨）頃からまた体調不良続く。

9月　仕事のミス目立ち始める。忘れるはずのない手順が突然わからなくなる時がある。幻視を自覚する。
10月9日　X病院（総合病院）初診。レビーの可能性が極めて高いと言われる。
10月19日　仕事を辞める。（体調不良とこれ以上のミスを怖れて）
10月23日　検査の結果、診断はされず、3カ月毎の経過観察となった。

## 11月10日　自律神経症状

計画を立てなければいけない。私の時間に限りがあるなら、優先順位を決めて、行動に移していかなければ。まだ何でもできるはずだ。今なら。

自律神経（?）に振り回されている。体温、血圧のアップダウンが激しい。普通に動けたり、だるくて、頭に厚い雲が詰まったようになって動けなくなったりするのは、自律神経のせいなのか？　橋本病の影響もあるのか？　医師に「本当に橋本病なんですか!?」と訊かれたが、私が訊きたい。いったいどこの病院に行けばわかるのか。いったい誰ならわかるのか。葛根湯も甲状腺の薬と相性が悪いらしい。

病気に振り回されていてはいけない。病人になってしまう。病気でも病人になってはいけない。病気でも元気にやるべきことをやっていかなくては。

医療は何もしてくれないのだから、自分で自分の体をケアしなければ。残された時間を悔いなく生きなければ。

## 11月11日　一番怖いこと

昨日より倦怠感強い。午前中から1時間昼寝（珍しい）。

「きんぴらごぼう」と「かりんとう」という言葉が、各10秒位出なかった。初めて。どんなものかはよくわかっていて、言葉が出ない。「ごぼうをささがきにして炒めたもので……」と考えていってやっと出た。ショックを受ける。

『だめだ！　家でじっとしてたら』と思って自転車で走り出す。

このままどんどんどん知らない所まで走って行って、どこかに消えてしまいたいと思ったり、このまま車にはねられて死ねたらどんなに楽だろうと思ったりする。

自分で思っている以上にうつが強い。

クリスティーン[27]・ブライデンさんは「自分のアイデンティティーを失っていくのが

怖い」と書いていた。私が一番怖いのは、家族を苦しめることだ。考えると耐えられない。だから今は、考えないようにしている。

## 11月12日　起立性低血圧

今朝、強い立ちくらみがあったので血圧を計ってみた。寝て、95／65だった血圧が、立ち上がると72／63になった。レビーに多いという起立性低血圧[28]を初めて確認。でもこの程度の立ちくらみなら珍しくない（しばらくなかったが）。

27　情報発信する認知症当事者のパイオニア。1995年に46才で若年性アルツハイマー型認知症と診断され、1998年に前頭側頭型認知症と再診断された。オーストラリア人。著書『私は私になっていく』2012年、クリエイツかもがわ刊他。

28　寝ている状態や座っている状態から立ち上がった時に血圧が急激に下がること。ふらつきやめまい、失神などが起こる。

## 11月13日　漢字

昨日に続いて立ちくらみひどい。立っては、しゃがみ込んでいる。「超」という字が書けなかった。漢字はかなり忘れているけれど。「味噌」という字を見て、「みそ」と認識するのにしばらく時間がかかった。

挽肉で作る料理が、麻婆豆腐以外に思い浮かばなかった。昨日は、保険証券が見つけられなかった（定位置にあったのを夫が見つけた）。

## 11月14日　鉛の鎧

昨日は、午前中昼寝し、午後も昼寝し、夕食後も寝ていた。

眠い訳じゃない。ただぐったりと横になるしかない倦怠感。それも全身というより頭、首、肩、背中を中心にした重苦しさ。重い鉛の鎧をかぶせられたような、何か詰まっているような、不快で重苦しく、気力をそがれる感じ。

何が起こっているのだろうと血圧や体温を測ってみたりするが、はっきりした数字は出ない。急激な低血糖？　低酸素？　脳貧血のような状態？　それともこれがまさにレビーの症状なのか。そうなるともう動けないし、笑ったり、しゃべったりすることも難しい。家族の言うこと、周囲の様子はよくわかるが、反応できない感じ。これはレビーの「認知の変動」[29]なのだろうか？　症状が日や時間によってコロコロ変わるのも、全部「認知の変動」なのだろうか？　わからない。

押さえると激しい痛みのあった眉の真ん中や頭のツボは、今は、押しても痛まなくなった。9～10月は、緊張が高まっていたのか。

いつまで何ができるのかはわからないけど、できる内に、できることをしなければと思う。でもその内容を絞れない。段取りができなくなっている。何もかもぼやけて、その内、忘れてしまう。

29　レビー小体型認知症に特徴的な症状のひとつで、認知機能の状態が大きく変動する。しっかりしている時と顔つきも変わり話しかけても反応が乏しい時（認知機能がひどく低下している時）が日や時間によって入れ替わる。週・月などさらに長いスパンで起こることもある。

## 11月17日　物忘れ自慢

久しぶりに旧友3人と会う。途中で具合いも悪くならず、もの凄く楽しかった。何だかとてもリフレッシュして、元気が出た。

3人とも笑いながら物忘れ自慢をしていた。私は何も言えなかった。レビーのことも話していない。でも自分の「おかしさ」を受け入れて、受け流して、笑いの種にして生きていこうと思った。どこまでが老化で、どこからが病気のせいかなんてわからない。

病気だ病気だと思うのはやめよう。

私は、悲しかったのだと思った。私は、怖かった。私は、悔しかった。私は、辛かった。でもそれを認めるとガラガラ崩れ落ちてしまいそうで、私は平静なのだと自分をだましていた。平静である訳がない。50歳で、仕事をする能力も体力も失って無職になったのだ。

たとえこれから少しずつ更に記憶力や判断力を失ったとしても、私は私であり続けると思える。ふと手に取った仏教の本にも救われた思いがする。過去はどうでもよく、どうなるかもわからない未来も考えたってしょうがない。今を大事にするしかないし、それでOK。それがベスト。今を生きればいいんだ。

## 11月26日　若年性認知症の会

昨日は、若年性認知症の「彩星《ほし》の会」[30]に初めて行く。認知症本人をサポートするボランティアとして参加（紹介してくれた介護家族のAさんが「その方がいいだろう」と言うので）。

確かに初期の方はいなかった。レビーの人も。レビー本人は、どこの会でも見かけないという。うつだからか。体調のせいか。歩行困難のせいか。症状も悩みも違うからか。

とてもしっかりした大きな会で、素晴らしい人達が集まっている。なのに孤独を感じる。私は、まだ「本人」のグループにも入れない。でもサポートする側のグループ

30　若年性認知症家族会。定例会の他、家族による電話相談なども行っている。公式サイトがある。

にも属さない。

明るく歌ったり踊ったりしている部屋を出て、介護家族の集まる隣の部屋を覗いた。深刻な顔で話をしている。そのギャップに衝撃を受ける。

やはり私は、どちらでもない。

## 11月27日　講演動画

若年性アルツハイマー病・佐藤雅彦[31]さんの講演動画を繰り返し何度も見た。随分勇気づけられ、精神的にも落ち着く。

「できないことの記録ばかりつけていると気が滅入るので、できることを書こう」と言っていた。まったくだ。自分の中の1%、いや千分の一、万分の一かも知れない能力低下を見つめて、自分の価値が下がったと考えるのは、愚かなことだ。

幻視の虫が見えたっていいじゃないか。虫一匹に自己の存在を脅かされるなんて喜劇以外の何物でもない。

がん患者と同じだと思おう。1年後、3年後、5年後、10年後のことなんて誰ひとり予測できない。元気に普通に生活しているかも知れない。

認知症を特別な病気だと思うのはやめよう。体（脳を含めて）が病気になったって心が健康でいることは可能だ。認知症だって努力によって、それは可能なはずだ。

## 11月30日　認知機能の波

昨日日記を書いていない。何をしていただろう？　体調は？　全く思い出せない。

今日は調子がいい。手のこわばりほぼゼロ。計算もできる。9月の義父の誕生日の時、4＋4＋5＋2の人数計算が、何度考えてもできずに『え？　なぜ？』と思った。その時、不調とか頭がぼんやりするという感じはまったくなかった。

今思いついたこと、やろうとしたことは、よく忘れる。人の名前が出てこない。

31　2005年に51歳で若年性アルツハイマー型認知症の診断を受けた。一般社団法人「日本認知症本人ワーキンググループ」理事。著書に『認知症になった私が伝えたいこと』2014年、大月書店刊。

でも日常生活で困ることはない（仕事なら困るだろう）。幻視もしばらく見ない。幻聴も幻臭もしばらくない。

# 2012年冬　真偽

冬のさなか、
わたしは　やっと気づいた
変わらぬ夏は　わたしの中にある、と
――アルベール・カミュ

## 2012年12月5日　多忙の効果

生活が突然多忙モードになってから、病気のことを考える暇もなくなった。それはとても良い気がする。忙しい割には、体調もさほど悪くない。

## 12月9日　睡眠障害

忙しい日々。人前では元気そうに動けることに自分でも驚くが、ひとりになるとどっと疲れが押し寄せる。眠れないことが多い。一昨日は、3時間。昨日は、1時間毎にはっきりと目覚めて5時間半。最近、寝ていると手のひらと足の裏に汗をかくようになった。

一瞬の幻視は、一日1回くらいある。だんだん食欲がなくなってきている。うつはない。ただこの疲れをなんとかしたい。

## 12月20日　穴の開いたヨット

一段落して疲れが出てくる。体もだが、脳が疲れている感じ。うつではないが、何もしたくない。一日の大半、寝ている。

この先の人生を思う。次に同じことがあった時、私は、もう役に立たないどころか、足を引っ張ることになるだろう。

故障した車でサハラ砂漠横断に走り出すような。底に小さな穴が開いていることを知りながら、小さなヨットで太平洋横断に乗り出すような。

どうしようもない。どうなるかは覚悟している。

行ける所まで行く以外、何ができるだろう？

直せないのだから。穴はふさげないのだから。

## 12月23日　双眼の色

夜、眠れるようになった。食欲も戻り、45キロまで減った体重も2キロ戻った。疲労感、やる気のなさは、相変わらずだが普通に生活できている。幻視も数日間ない。

人は、私が元気だと思っている。敢えてそれを否定しない。

若年性レビー小体型認知症と言って理解する人がどこにいるだろう。自律神経症状に長年悩まされていることも、認知機能がどんな風に低下しているかも想像もつかないだろう。「[32]君看よ双眼の色」の通り、人の苦しみは、人には見えないものだ。

## 12月27日　楽な年末

気が付けば1週間位、幻視を見ていない。幻視を見ないと自分がレビーだということを忘れている。もしかしたら違うのではないかとすら思う。

立ちくらみもない。疲労感、だるさ、頭の芯が重いような感じは、消えない。

でもこんなに楽な年末は初めてのように思う。大掃除は11月にやったからもういいやと思っている。年賀状は年が明けてからにした。仕事を辞めるとこんなに楽かと思う。

## 12月29日　希望

昨日は、何の不調も感じず、昼寝もせず、一日元気に過ごした。献立も次々と思い浮かび、創作料理もできた。計算も楽にできる。自分を取り戻したような気分。

なぜ？　よくわからない。突然多忙になって体も頭も気も目一杯使ったのが良かった？　突然良くなったり悪くなったりするレビーの特徴？　うつ状態で脳が一時的に機能しなくなっていただけ？　でも計算ができなかった時は、うつではなかった。

わからないけれど、希望が見える。

どんどん進行していくわけではない。10年このままかも知れない。そう思える。秋には、もう私は終わったと感じていたのだと思う。このままどんどん壊れていくだけだと。誰にも会わずに、身を潜めて、静かに滅んでいきたいと思った。

再び与えられたいのちなら、思い切り生きたい。

32　「語らざれば愁いなきに似たり」と続く白隠禅師の句。良寛が愛した句としても知られている。

## 2013年1月11日　ぶり返し

12月から突然体調がよくなり幻視も見なくなった。気分もとても明るく前向きになる。積極的に人と会うようになった（9年振り?）。

1月9日から以前の不調をぶり返している。昨日は、殺される悪夢を見て、助けてと叫んだ。夜は寝付けず、夜中に3回ほど目覚め、早朝覚醒。

9日から急に体重が減っている。9月の体調不良と体重減少も同時に起こっている。

## 1月17日　寝込む

14日大雪の夜、突然の激しい頭痛と吐き気、寒気。翌日から熱。38度台なのに高熱のように朦朧《もうろう》とする。17日にやっと熱が下がり、動けるようになった。数日間頭痛がひどくて脳細胞は大丈夫だろうかと不安だった。

今日、白い皿の上にこぼれた醤油の跡が、一瞬動いて見えた。ああ、またかと思う。やっぱり逃れられないのかと。夕食を作るのに1時間。昔なら20分で全てを同時進行で作った。今は、一品作り終えてから次の一品を作る。でもそれも慣れた。それで平気になった。その何が悪い？　と思う。

## 1月25日　乗り換え

友人に会いに行く。でも乗り換え（4回）の度に、何が何だかわからず、途方にくれていた（人に聞いて移動。一人の駅員から呆れ顔で掲示板を見ろと言われた）。「乗り換えがわからない／乗り間違える」のはこの半年位で自覚した「症状」のひとつ。それが単なる老化なのか、症状なのかはわからない。

去年、50代の友人達と会った時、「物忘れのひどさ」の話題で盛り上がった。責任ある仕事をしてる友人に、「それだけ物忘れして、仕事で失敗しないの？」と訊いたら、「仕事ではしないね」と言っていた。そこが、ひとつの境界線なのかなと思った。

## 1月28日　動き出す部屋

ここしばらく寝付けない。夕べは1時に目を覚まし、4時頃まで眠れなかった。しばらく幻視がなかったが、今日、薬局で座って外を見ていた時、電車が動き出した時のように風景が流れて見えた。部屋全体が動いた感覚。向こうの車が動いたせいかと思ったが、3回ほど繰り返しそう見えた。

## 2013年2月6日　認知機能の低下

寒さと雨のせいか体が固くなっている感じ。首の付け根（背中）に痛み。だるさ、眠気、頭の重さ、やる気のなさ。雨の日は調子が悪い。

久しぶりに虫を見る。乾燥ワカメが一瞬歩く蜘蛛に見えた。足もくっきり見える。

エコバッグだけ持って自分のかばんを忘れてスーパーに行った（今まで数回やった）。

右と思いながら左と言う、などの言い間違いの頻度が増えてきた。「本当に？」と夫に数回確認されても間違いにすぐ気付けない。

目が覚めた瞬間、いつで、どこにいるかがわからなくなること度々。注意力も落ちている。認知機能の低下を実感する。またアップする時も来るだろうか？

## 2月7日　うつ病は誤診

うつ病と診断された時、憂うつ感や悲観的思考はなかった。不眠・頭痛・倦怠感が主症状だった。死にたいと思ったことも一度もなかった。子どものために必死で料理はした。医師は、「普通、料理はできないんですけどね」と言った。

うつ病ではなかったのなら腑に落ちる。

処方薬で重病人になったが、これこそレビーの「薬剤過敏性」[33]ではないのか。そんなことが起こるのは、千人に一人だと主治医に言われた。私に責任があるかのように。薬は増量され、血圧の上が80を切り、昇圧剤が追加されたが、更に悪化した。

33　特定の薬（特に抗精神病薬）に対して深刻な副作用を生じやすいレビー小体型認知症の特徴。過半数の患者にみられる。程度には個人差がある。他の種類の認知症ではあまりみられない。

10年間、ありとあらゆる自律神経症状が、ふいに出たり消えたりし続けることに悩んできた。いったい原因は何だろうと様々な病院で様々な検査をし、多くのお金と時間を無駄に費やしてきた。レビーだとしたら、すべて説明がつく。

## 2月8日　『困ってるひと』

昨日、大野更紗著『困ってるひと』[34]を読み終える。私はこの本を支えに生きられると思う。この人の病気の苦しみと比べれば、レビーなど何でもないと思う。この人のように自分と周囲を冷静に観察しながら、分析しながら、闘いながら、生き抜いてやろうと思う。

## 2月9日　焦げた鍋

今日、初めて鍋を焦がした（昔あったかもしれないが、記憶にない）。ガスの消し忘れに気付くことも時々ある。そうしたうっかりミスが多い。ただのうっかりなのか、症状なのかはわからない。あまり症状とは思いたくない。気持ちが沈むから。

一昨日、飛ぶ虫を見た。本物だと思ったが消えた。その後、探しても見つけられなかった。考えると、この寒さの中であんな虫（ハエ位の大きさ）が飛んでいるはずはないと思う。本物にしか見えないので、判断は、困難。

7時まで眠れる日がしばらく続いたのに、5時に起きるようになり、今日は4時に起きて眠れなくなった。こういう変動も症状か？　時期は覚えていないが、長い間、夜中に3回トイレに行くことが続いた。あれは、夜間頻尿か？

症状が一気に進むことはないと思おうと決めているが、今、できる内にできることをどんどんやっておかなければと思う。しかしだるさや意欲低下を感じて、中々進まない。

34　難病になった若い女性が壮絶な体験をユーモラスに綴った闘病記。2011年、ポプラ社刊。

## 2月10日　強い人

若い頃は、「強い人だ」と言われると淋しかった。私の内面など何も見えていないのだと感じて。去年の暮れ、随分久しぶりにある人から「あなたは強い人だと思う」と言われた。『そうなのかもしれない』と思った。『困ってるひと』の作者は、絶叫し、泣き、自殺の方法をいつも考えているが、強い。

些細なことにどれだけ深く傷ついていても、人一倍泣いていても、何度倒れても、打ちひしがれてヨタヨタ歩いていても、それは弱さじゃない。

不利益を甘んじて受ける覚悟（勇気）と、他者の目でものごとを見ることのできる想像力さえあればいいんじゃないか？　それさえあれば「自分を生きる」ということができるんじゃないだろうか。それが強さなんじゃないかと思う。

病気は人を強くする。間違いない。私は、病気と一緒に私を生きなければいけない。

## 2月19日　真偽

数日振りで飛ぶ虫を見る。『な〜んだ、やっぱり冬でも虫はいるんだ』と思いながら追って行った。消えた。消えるはずはないと思って探しまわったが、確かに消えた。顔を覆いたいような気持ちになる。別に虫を見たところで何の害もない。ただ、本物との区別を「自分で」つけられないということが恐い。自分でまったくコントロールできないものを自分の中に抱えているということが恐い。

将来、私は、目に見えるものひとつひとつを本物か偽物か確かめるために触って歩くようになるのか。自分の見たものごとの真偽を何ひとつ自分では確認できなくなるのか。

一匹の小さな虫は、そんな風に私の存在を揺るがせる。

## 2月24日　克服した夢

ひどく寒い日が続き、寝不足でもないのに日中2時間以上昼寝をしたりして、調子が良くなかった。そのまま親戚の訃報で実家へ。何日も続く激しい疲労感。背中の痛み。動悸……とも少し違う。急に胸が苦しくなり、それ（胸を圧迫する固まり?）がズルズル喉元まで上がってきて、喉が苦しくなる。5秒位のことだが、日に数回ある。脳が起こす幻覚の一種なのだろうか。

自分が本物と区別のつかない幻視を見るようになって、レビー患者の苦悩が理解できるようになった。狂ったわけでも、知性や理性がなくなったわけでもない。ただそう見えるのだから仕方がない。本物にしか見えないのだから。それだけのことなのに、人からは人格も知性も失われたように扱われる。悲劇だ。

久しぶりに（一年振りくらい？）ゆがんだ部屋の夢を見る。一時期は繰り返し見た。ストーリーはなく、前後の話もない。突然、何もかもひどくゆがんで、ぐにゃぐにゃと動いているように見える部屋の中に居る。ひどいめまいを起こして倒れそうになっている時に見る風景のよう。とても気分が悪い。何とか立ち上がろう、歩こうとするが、まったく無理。起き上がろうとしては、倒れる。

過去の夢は、そこで目が覚めて、その後も吐きそうな気分の悪さや頭の重さが強くリアルに残っている。でも今回は、夢の中で目を閉じた。するとただの暗闇になり、めまいの感覚はほぼ消えて、私は、部屋を伝い歩きで移動することができた。

私は、克服した。目が覚めて、嬉しかった。

症状に翻弄されるばかりじゃない。克服することだってできる。

これから見ることになる幻視だって、きっと何か対応策を見つけられるだろう。

## 2月25日　脳を乗っ取る猛獣

医療費控除の手続きに行く。去年の医療費は、家族全員で17万円弱にもなった。3月から痛みなど次々と異常が出て受診したが、原因がわからず、様々な検査をした。9月に幻視を自覚して、レビーの検査料だけでも4万円位かかっている。

今日、友人から「うつで苦しい」というメール。9年前のあの苦しみ[35]を思い出す。

突然、不安が体の中で際限なく膨張し続け、体が破裂し、死んでしまいそうだと恐怖を感じる。あまりの苦しさに、発作的に、(その苦しみをただ止めたい、逃げたいとい

35　これはうつ病の症状ではなく、向精神薬の副作用だったと後に考えている。詳細は『誤作動する脳』2020年、医学書院刊、212～213ページに記載。

う気持ちだけで）どこかから飛び降りてしまいそうな気がして、自分が恐ろしくなる。

脳を乗っ取られて、自分で自分をコントロールできない。

体の中で猛獣が荒れ狂い、暴れ回っている感じ。

脳の病気は、それが一番辛いんじゃないだろうか。「気持ちが沈む」とか、「心の風邪」とか、そんなレベルの話ではない。

脳を乗っ取られること。私はそれを一番怖れている。

自分が自分の脳の主でいられなくなること。魔物と化して家族を苦しめること。

どうすれば、それを避けることができるんですか？

## 2月27日　春の支度

真冬の寒さ。やはり体が冷えるとおかしくなる。

昨日は、久しぶりに50分散歩をした。こんなに寒いのに、木や草は、ちゃんと春の支度を進めている。花は少ないけれど、つぼみや若芽は、いっぱいだ。ひとつひとつみんな違う形をしている。少しずつ膨らんでいく。そんな命の営みを見ると、本当に慰められる。

# 2013年春　根拠なき信念

このかなしみを
よし　とうべなうとき
そこにたちまち　ひかりがうまれる
ぜつぼうと　すくひの
はかないまでのかすかなひとすぢ

——八木重吉「幼き歩み」

（『八木重吉全特集1』所収、1988年、ちくま文庫）

## 2013年3月1日　疫病神

しばらく虫を見ないなと、思った途端に……。最初の頃は、床を這う丸っぽい虫（足は見えない）だったのに、この頃は、飛ぶ虫ばかりだ。1匹でリアルに蛇行しながら長時間飛ぶ。本物にしか見えないが、消えるから幻視なのだろうと思う。

虫は、私に取り憑いた疫病神のよう（以前は、死神だったが、今はもう死と直接結びつけては考えない）。やっと病気を忘れて明るい気持ちになった途端、目の前に現われて、卑しい顔で私をせせら笑う。

「困るなぁ。忘れてもらっちゃ。私は、いつだってあなたにぴったりくっついているんだから。何があろうと私から逃れることなんて一生できないんだから」と。

虫が見えたところで、何も困らないのに。

## 3月12日　侵入者

毎日用事で動き回ってヘトヘト。今日、久しぶりに幻視の一種を見る。視界の外れで何かが繰り返し動いていく。何かはわからない。何か（ねずみ？）が走っているように見える時もある。それが何度かあって、その後、視界の外れで扉が開いて、男が入って来るように見えた気がした。はっきりとは見ていない。でも一瞬、そんな感じがして、ギョッとして見た。疲れから起こるのだろうか？

## 3月14日　不調

昨日位から調子が悪くなってきた。随分久しぶりだと思う。気持ちは普通だと感じるが、疲労感がひどく、だるく、何もしたくない。本も読みたくない。レビーに関する情報収集も嫌だ。眠くはないが、横にならずにはいられず、横になると眠ってしまう。どこかに行こうという気持ちにもなれないし、人に会いたくない。神経（気）を使いたくない。夫に伝える。伝えておかないと機嫌でも悪いのかと誤解される。

## 3月19日　『アルジャーノンに花束を』

ふと気が付く。『アルジャーノンに花束を』[36]の主人公に起こったことは、すべての人の人生に起こる事なのだと（事故や病気で早く死なない限り）。それを長い年月をかけて経験するのか、短い間に経験するのか、ただそれだけの違いなのだと。

それなら、怖れることはないではないか。

短距離走には、短距離走の良さがある。

限られた短い期間を全力で走れば、短い人生を味わい尽くして生きればいいじゃないか。どちらの人生が良いかなんて、誰にも言えない。

## 3月21日　薄氷の上

今日、運転中に幻視。車の運転にリスクがあるという認識は、気分を落ち込ませる。既に幻視が恐くて、夜の外出はできなくなっている。夜の運転も遠出もやめている。

自分の病気が進行していくと思うのは、辛い。

「今日はこんな幻視が見えたんだよ」と何でもないことのように夫に言いたいとずっと思いながら、どうしても言えない。夫を苦しめたくない。けれども言えないことで、孤独感に苦しめられる。人からは、誤解される。

私の人生は、薄い氷の上か……。明日にでもパリンと音を立てて、私は、溺れるのか。

負けるものかと思っている私もいる。孤独感につぶれそうな私もいる。

## 2013年4月3日　回復しない可能性

まずい状態になってきている。長年、「うつ病の体調不良をぶり返した」と思っていた状態。3月末にストレスのかかる出来事があって、一気に悪化した。

今日は、レビーの診察の予約が入っていたがキャンセルした。遠くまで行く気力が

36　ダニエル・キイスによるSF小説。知的障害のある青年が手術により一度は知能指数を高めるが、再び元に戻っていく苦悩と愛を描いた。1978年、小尾芙佐訳、早川書房刊。

出ない。行ったところでこの体調不良を治してもらえないことはわかっている。「幻視がひどくなったら抑肝散を出す」としか言われていないのだから。

　こういう状態も慣れているといえば慣れている。9年繰り返してきた症状なのだから。恐いのは、これが、うつ病ではなくレビーの症状で、このまま回復しないという可能性。でもそんなことは信じない。絶対信じない。絶対にまた回復する。

## 4月5日　甲状腺機能低下

昨日、血液検査の結果が出て、甲状腺の数値が少し低下していた。薬が微量増えた。これが、どうしようもない倦怠感、うつ症状の原因なら嬉しい。薬で回復して欲しい。ただ血液検査の数値がおかしいという。医師にわからないものが、私にわかるはずもない。

　何もしたくない。

　ベランダの草花を眺める。彼らの声が聞こえる気がする。

## 4月7日　回復の証拠

ほんのわずかずつ良くなっている気がする。座っていられないほどのだるさもないし、訳もなく泣きたくなるような気分にもならない。

考えてみるとしばらく幻視を見ていない。この体調不良と幻視は、結びつかないようだ。

電車に乗ろうという気にもならなかったけれど（意識的に散歩はしていた）、ふと美術館でも行こうかという気になる。回復の証拠。

## 4月10日　躁うつ

8日は、急に元気が出て、見るも無惨な部屋を一日中掃除、片付けしていた。ブルドーザーのように動き回り、止まらなかった。まるで躁うつの躁みたいだなと自分でも思った。さすがに夕方5時頃疲れが出て30分位眠ったが、それですっきり回復した。

元気になったと喜んでいたが、翌日からまたダメだった。何時間も昼寝をした。寝ても寝ても倦怠感は少しも回復しない。自分が嫌になって、イライラし、かなり悪い精神状態。自分が価値のない人間に思える。

## 4月17日　記憶力改善

昼食後、急激に「例の状態」になる。血圧は、86／58。普段より少し低い位。

昨日、レビー[37]のスクリーニング検査の写真を初めて見た。人の顔に見える。皆は見えないのか。その方が、不思議に思う。患者の私にならそういう写真を他にも探せるのだろう。

今のところ写真以外では起こらない。しかし気が滅入った。恐いとも思う。

記憶力は、アップしていると感じる。毎日必ず忘れていた甲状腺の薬を忘れずに飲むようになった。去年の4月にはお手上げだったラジオの語学講座も今年は、まだちゃんと付いて行っている。2回目ということもあるが。去年は、まったく覚えられなかった。今年は難しいと思わない。毎日30分以上の運動が効果を上げているんだろうか？（調子のいい時間帯に5分でも10分でも、日に何度もする）

忘れっぽさはある。だから忘れないように色々工夫している。

## 4月19日　症状の法則性

夕べは、1時間おきに目が覚めた。起床時から頭痛。寝る前、久しぶりに両手に強いこわばりを感じた。特に左手。自然に丸まり、指をまっすぐ伸ばそうとすると強い抵抗を感じる。特にストレスを感じるようなことはなかった。

睡眠パターンは、今まで度々変わってきた。何時に寝ても、4時ごろ目が覚めてしまう時期が何年も続いた。最近は、しっかり眠れていたのに。

今日は、皿の中に小さな虫がたくさん動いているように見えた。コショウだった。法則性を探そうとしているが、結局、症状に法則性などないのだと思う。まったくバラバラに気まぐれに色々な症状が出たり消えたりする。

37　レビー小体型認知症の可能性を検査するために使う花などの写真。パレイドリアという現象（58ページ参照）を利用している。

突然体調不良になり、いつの間にか回復する。人から見れば、まったく信頼できないいい加減な人にしか見えないだろう。こんな体いらないと思っても、この頼りにならないポンコツの体で生きていくしかない。こんなに生きる世界も可能性も狭まってしまったけれど、それを笑い飛ばして、何とか生きていかなければね。

## 4月27日　根拠なき信念

不安があるのだと思う。元気な時は忘れていられるが、体調が悪いと、これがいつまで続くのかと考える。このまま悪くなるだけなら、残りの人生はかなり辛いものになる。

「私の病状は、進行しない」という根拠なき信念だけにすがって生きているのに。孤独感も強い。この不安を、不安の原因を話せる人がいない。人に話して、その人を悲しませたくはない。私の症状は、私以外の誰にもわからず、私は、誰にも気付かれないまま悪くなっていく。

滅んでいく。私は、滅んでいく。

そう常に思っている。それは、さびしいものだ。

進行するのが恐い。

体調不良も一匹の虫も計算を間違うことも曜日を間違うことも、それ自体は小さなことなのに、私の根拠なき信念を根底から揺すぶる。他に私を支えてくれるものがないのに。


夕べ、夫が、リズムに合わせて「引く7」の計算をするのを見ていたら泣けてきた。

私は、その何十倍もの時間をかけて計算するだろう。しかも間違う。

それは、病気の進行を意味するのか、そうでないのか。

私が、また少し滅んだ証拠なのか。

私という人間が、消えていくことなのか。

夫には、私の涙の意味はわからない。

## 4月28日　幻視　今までの経過（Kさんへのメール）

幻視は、うつ病と診断される数年前から（10年以上前。心身に不調のない頃から）見ていたと思います。

夜、マンションの駐車場の隣の車の助手席に中年の女性が見えました。ギョッとしてよく見ると居ないので、目の錯覚だと思いました。しかし同じ場所で同じような女性を何度も見るので気味が悪く、その方向を見ないようにしたら二度と見ることもなくなり、完全に忘れていました。

一昨年の春には、夜、運転中に、変な所に人がいるのが度々見えました。「なぜあんな所に人が？」と思ってよく見ると、道路脇の資材だったりしました。

一度、夜、寝ようと寝室を開けたら、布団の上に知らない男が寝ていて心臓が止まりそうになりました。次の瞬間、それは、布団だとわかったのですが、その時、目の錯覚にしては、クリアーに細部まで見え過ぎると気付きました。その後、背後を人が通ったような錯覚[38]（でも確信に近い感覚）などがありました。

虫は、初めは、すべて床を這う丸い小さな虫でした。５㎝位歩きます。「虫だ」

と思って見ると綿ゴミだったり、何か動かないものがありました。これで初めて病気だと自覚しました。最初に幻視を見ていた頃から10年位かかったわけです。

最近は、這う虫は見ず、全部飛ぶ虫です。種類が特定できるようなリアルさで、本物の虫のように蛇行して飛びます。本物か幻視かを区別することは、全く不可能です。実際、１００％本物だと思って見ています。急に消えるので、幻視と気付きます。でも『あれが幻視のはずはない！』と思って必死に探してしまいます。

人、動物は、しばらく見ていません。外で見ていても幻視と気が付いていないだけかも知れませんが。壁の一部分が半球状にゆっくり盛り上がって見えたり、色々な物が動いて見えたり、不思議なものを色々見ます。

幻視が見える頻度は、去年の秋より減っています。でもいつどこで現われるのかは、まったくわかりません。体調とも精神状態とも認知機能とも無関係に思えます。

今、扉が開いていて部屋に猫が居たら、私は話し掛け、なでようとするでしょう。

38　実体的意識性と呼ばれる。「だれかが近くにいる」「背後にだれかがいる」など、人の気配をありありと感じる体験。

扉が閉まっていたら、「ここに猫がいるはずがないから、これは幻視なのだろう」と推測できます。それでも「これだけリアルなものが幻視であるはずがない」という思いは捨て切れないでしょうし、そんなものが見える自分の病気と将来に恐怖を感じると思います。

実際、幻視を見る度に、暗たんたる気持ちにさせられます。「私の病気は進行しない」という根拠のない信念（唯一すがりついているワラ）は、小さな虫一匹に大きく揺らぐのです。

## 2013年5月3日　熱がある感覚

3日前に友人と会った。その日は、朝から体調も良く、問題なく会えた。ただ4時頃別れてからは、急に疲労感が出て、道端に座り込みそうになった。

以前は、午後（1〜3時位の間が多い）1回来る例の「横にならずにはいられない」感じが、午前も午後も毎日来るようになった。

どう説明すればいいのか、ずっと考えていて、「熱が38度あるような感じ」かと思った。息が切れるような苦しさではない。会話もできる。しかし何もしたくないし、ただ横になりたい。計算だの複雑で面倒なことは考えたくない。憂うつではないし、自責感も何もない。ただ気分はよくない。

そう説明して初めて、私が、うつ病と診断された頃の症状に似ていると思った。あの時、毎日熱が40度あるような感じがして、動けなかった。歩くとフラフラし、いつも横になっていた。

何なんだろう、どうすれば良くなれるのだろうとずっと考えている。これが「認知の変動」の「悪い時」なのかとも思い始めた。ある本を読んでいたら貧血の症状の多くにも当てはまっているので、ためしに鉄分のサプリを買ってきて、昨日から飲んでいる。でも変化がない。

うつ気分なら運動で消える時があることを体験的に知っているけれど、この頃、ひどく疲れやすく、運動しても疲れるだけで辛くなることが多い。

午後の昼寝で「家族会の人」（見たことのない若い女性）と会った夢を見た。私が調子が悪いと言うと背中をさすってくれた。私は、泣いて、泣きながらそのまま眠った。

## 5月8日　激痛

夕べ、1時半にみぞおちの激痛で目覚めた。3時頃消えるまで続いた。救急車を呼ぶ必要があるか、夜間救急に行くかと、ひとりで考えていた。

家族の用で5時半に起き、起床時の体温が37・2度だった。朝になって調べ、胆石、狭心症の可能性を知った。微熱、白目の部分が黄色くなるという症状が胆石に当てはまる。丁度、甲状腺の血液検査をする日だったので医師に伝えたが、目もどこも診なかった。血液検査の数値頼りだ。

今日、3時間位しか眠っていないのに、「38度状態」が一度も起きなかった。不思議だ。脳は、睡眠不足で疲れているのに、具合が悪くならない。なぜなんだろう。自分の体調を一生懸命観察して法則を見つけようとしているのに、まったくわからない。

## 5月9日　症状メモ

最近の症状メモ（レビーとは関係ないかも知れないことも一応記録）

足の指が切れているという幻痛（数回）。物忘れで困ることは、仕事をしていないせいかなくなった。計算は、増々できなくなった気がする。体温と血圧は、測る度に大きく違う。立ちくらみは、波がある。むくみ（最近）。吐き気がする時がある（数回）。夜間、照明やテレビ、車のライトや信号機の光をひどく眩しいと感じる。4月、久しぶりに重い抑うつ。寝床に入ってから咳き込む（何年も前から）。

## 5月10日　負けない気力

昨日は、幻聴があった。5時に町内で鳴る音楽が繰り返し聞こえる。9年前と同じ。今、考えれば9年前の方が、認知症症状がひどかった。

友人との大切な約束をドタキャンしたこともあり、昨日はめげていた。もう自分には未来がないと思えた。こんな体では何もできないし、友人と会う約束すらできず、死ぬまで引きこもっているしかないのかと。

今朝、80歳を過ぎた三浦雄一郎氏がエベレストに登るというニュースを見た。「病気や怪我もあったが、そんなものに負けてはいられない」と言う。励まされる。

負けてしまったら、（社会的に）廃人になってしまう。

いずれは、壊れ、朽ちていく体（脳）にしても、はじき返す気力と努力が必要だ。

残された時間を充実させることができれば、それで十分。時間の長短は、関係ない。


今、書いている内に またしんどくなってきて体温を測ったら37度。朝は36度だった。

「38度状態」と名付けたものは、実は、現実の発熱？　思いも付かなかった。

## 5月12日　ドタキャンの常習犯

その後、体温と体調は、関係がないとわかった。しかし体温は、35度台から37度台を変動している。

体調は、相変わらず悪く、あまり外にも出ない。疲労感、倦怠感、気力低下という感じ。ずっとこのままと考えると恐怖感を覚えるので、そのうち治ると自分に言い聞かせている。

人に説明のしようがなく、立場がない。ドタキャンの常習犯と思われているだろう。

時々飛ぶ虫を見るが、幻視かどうか確認しない。確認したところで気が滅入るだけ。幻視と体調も関係ないと感じる。

## 5月20日　抗えない病

甲状腺の薬を増やしたのに数値が少し低下していた。質問すると医師は不機嫌になり、体調不良は、精神的なものではないかと言う。私の甲状腺を正確に診られる医師はどこ？　いくつの病院に行けば、納得のいく説明をしてくれる？　疲労感。

最近、2回、夫に言われた大事な依頼を直後に忘れている。言われた記憶がまったくない。「言ったじゃないか！」と夫は言う。血の気が引く。物忘れは減ったと思っていたのに。

昨日は、テレビを見ていて、海の写真が出た時、波がリアルに動いて見えた。その内、猫や子どもが出てくるのだろうか。

体調の悪さは、相変わらず。今日、踏み台昇降運動を5分してみた。頭の違和感は、改善した。ただ体は、かなりの疲労感を感じた（激しく運動した後のように）。脳への血流が低下している、と思った。これが認知の変動?……多分。

私は、もうダメかも知れないなと思う。再び体調が良くなることがあるんだろうか。

進行を食い止めることも、病に抗うことも無理なのかも知れない。

でもこの心の平静さは何だ。恐怖心もなければ、悲しみもない。

病気が進むことの意味すら考えられなくなったか。そうも思わないが、ただ、もう疲れた。とても疲れた。だって毎日、そういう体調なのだから。

もう余計なことをするエネルギーはないと感じている。

## 5月23日　逃げ道

トラブル発生。頭の血管が切れそうな感じ。叫んで何かをたたき壊したい衝動にかられたが、そうするわけにもいかず、夜、40分位、速足で歩き回った。

そして10年振り位で見た。車に女性が座っている。不気味な無表情。一瞬だった。

人は見えないと勝手に安心していたのに。

歩いていて、泣けてきた。「死にたい」と無意識につぶやいた。

死にたい？　NO。死にたくはない。でも死んだら、これから起こる数々の困難から逃れ、どんなに楽だろうと思う。なんて楽な逃げ道なのだろうと思う。

でもどう考えても、誰も傷付けることなく死ぬことは無理だ。

私のつぶれた、或いは、腐った体を片付けなくてはいけない職務の人は気の毒だ。

たとえ事故に見せかけたとしても家族は苦しむだろう。死ぬという選択はない。


そう言えば、歩いている時、うつ病のような思考をしていた。自分に価値がないと思った。脳がコントロールされて、そう思わされているのだと思う。

## 5月27日　進行を遅らせる道

昨日も朝からダメだった。脳が動かない感じ。横になっていたかったが、力を振り絞って友人の集まりへ行った。5時間も会話を楽しんだ。驚いたことに、症状を感じなかった。声が変わっていて出にくいだけ（私は、体調が悪いと声が変わる）。

嬉しかった。まだ大丈夫だ。まだ進行を遅らせる道はあると希望を持った。

## 5月29日　綱渡り

昨日はある手伝いで一日中バタバタと仕事をしていた。途中で倒れてしまいそうな疲労感。やっとのことで夜8時に帰宅。家族とも会話をしたくないし、顔も合わせたくない（ひどい顔を見せて心配させたくないし、エネルギーも残っていない）。

ギリギリの所を綱渡りのように歩いている。明日にも認知症症状が出て、妄想が出て、谷底に落ちるかも知れない。

歩かなければいけない。何がなんでも。まだ落ちる訳にはいかない。家族のために。

## 5月31日　理性の死

不眠に効くと聞いたアロマオイルのマジュラムを買ってきた。有名なラベンダーは苦手で、クラリセージも良いと聞いたが、これも好きではなかった。

とても気持ちがよくなる香り。寝る時に使ったら夜中に一度も起きることなく5時までぐっすり眠れた。感動。朝から頭痛もなく、疲労感もなく、久しぶりに爽やかだった。

天気も梅雨の晴れ間で爽やか。元気が出て、美術館へ絵を見に行った。もう2カ月以上、体調不良で遠出が恐かった。

プロ向けの経絡（ツボ）の本も買ってきた。自律神経の狂いは、自分で治そうと思う。

『私には、もう未来はない、滅んでいくだけ』という気持ちと『負けと思ったら負けてしまう。病気でも元気に生きるんだ』と思う気持ちが、いつも共存している。シーソーのように片方が上がったり、下がったり。いつも揺れている。

死は、いつも意識している。私の持ち時間は、もうわずかだと思っている。肉体の死ではなく、認知機能の死。理性の死。

肉体の死は、もう全く恐くない。がん検診もやめた。がんで死ねるなら、その方がいい。病院で死ねる。家族が介護施設探しに奔走する必要もない。

# 2013年夏　社会的孤立

答えはない。
答えは存在したことがない。
答えはこれからも存在しない。
それが答えなのだ。
——ガートルード・スタイン

## 2013年6月5日　砂の体

ふっと、どこかに行ってしまいたいな……と思う。誰も知らない所。ふっと、泡のように消えてしまえたらいいのになと思う。誰にも気付かれないうちに。

うつを自覚していないが、そう思うってことは、憂うつなのだろう。

家族からは、「普通に」生活しているように見えるだろうと思う。自分では、まるで体も心も脳も砂でできていて、サラサラサラサラサラ絶え間なく、こぼれ続けている感覚。

崩れ続けていく。壊れ続けていく。滅んでいく。朽ちていく。

ストレス耐性が弱くなっている自覚。大抵のことに耐え抜く自信があったのに、今は、自分が壊れそうな気がして、取り組むべき問題（ストレス）から遠ざかる。

夫に生の感情（いらだち）をそのまんまメールでぶつけた（病気に関係ないこと）。初めてだと思う。感情をコントロールする理性も弱まったのか。

このまま無自覚に怒りっぽくなっていくのか。……助けて。

## 6月10日『明日の記憶』

体調もだが、感情にも随分波があるとわかる。うつの波が来ると「消えたい」と思うが、それは熟考の末の結論ではなく、脳がコントロールされているだけだとわかる。波が去れば正常に戻り、戻ればそんなことは、考えもしない。そこは、うつ病と大きく違う所だろう。

貼るタイプのお灸に続き、棒灸を試してみた（昔、友人が送ってくれたもの）。気持ちがいい！　温泉に浸かったように全身が温まって、うっとりする。心身の緊張が抜け、眠くなる。疲れ、不快感、コリが取れる。これは、絶対にいい。自律神経症状にも効くだろうし、血流を良くして脳にも効きそう。うれしい！

『明日の記憶』[39]を4～5年振りで偶然見る。まったく違う視点で見ている。主人公の初期の混乱が、実感を持ってわかる。馴染んでいるはずの世界が、突然、訳の分から

39　荻原浩の同名小説を2006年に渡辺謙主演で映画化した作品。若年性アルツハイマー型認知症と診断されたサラリーマンの苦悩と、彼を支える妻との絆を描く。

ない異界に変わって自分を押しつぶそうとしてくる感覚。

『これは何⁉　一体何が起こっている？』と必死で考えるが、見えない何かにすっぽりと呑み込まれてしまったようで、ただただ混乱し、恐怖に脅え、翻弄されている。

けれどもあれを自分の物語としては見なかった。

敵をよく知っているからかと思った。よく知っているからこそ、自分に起こることが予測できて恐怖が増すのかとも思っていたが、やはり知識は、冷静さを保つことに役立つ。

## 6月15日　『旅だちの記』

昨日、血液検査の結果が出て、薬の増量で甲状腺ホルモンの値は正常値に戻った。もう少し精密な検査の結果、やはり抗体が出ていないので橋本病ではないと言われる。甲状腺機能低下の理由もわからないけれど、もうどうでもいいと思う。

今日は、またしんどい。熱を測ったら37・2度あった。蒸し暑い毎日だが、ひどい冷えを感じるので厚着をしている。冬のように靴下を2枚はいたり。それでいて陽の下を歩き回ると倒れそうになる。多分体温が上がるのだろう。

冬、顔にクリーム類を何もぬらなくても乾燥しなかったことを思い出した。乾燥に困った年もあったのに。顔が油分でギラギラするというレビーの症状？

しばらく前、昼寝から目覚めた時、時間や場所の感覚がなくなっていて焦っていたが、そういうことは、もうずっとない。

片倉もとこの『旅だちの記』[40]を読む。抗がん剤治療もしていないのに「髪がごそっと抜けた」ことを「おもしろい」と書いてある。私もそんな風に、これから自分に起こる未知の現象を楽しみたいと思う。

若年性レビーの人とも人を通して少しずつつながりつつある。有り難いことだ。

毎日お灸をしている。最も気持ちが良く、極楽気分にひたれる時間。でもその感覚も毎日違う。すっきり、しゃきっとする時もあれば、トロトロとろけてそのまま眠ってしまう時もある。人体は、不思議だ。

40　文化人類学者の故・片倉もとこ著。2013年、中央公論新社刊。

## 6月16日　社会的孤立

今日も朝から頭を締め付けられる感じ（割と眠れたのに）。朝食後、どうしようもなく辛くなって布団に。37・4度。2時間位眠ったら、急に汗をかいて目覚めた。

夕べEテレの認知症番組で「病気を周囲に隠さず話して理解とサポートを得ましょう」と言っていた。アルツハイマー病は、症状も知られ、レビーよりわかり易く、それが可能だろうと思う。レビーの症状は、理解もサポートもしようがないではないか。なんとか道を開かなければ。私は、どんどん袋小路に追い詰められつつある。

今でも体調のせいで外出を躊躇する。ドタキャンになるのではないかと思うと友人との約束もためらう。既に社会的に十分孤立している。

## 6月18日　ツボと脳血流

ここ数日の不調と比べると今日は随分良い。意欲も急に出てくる。それでも何かし終える度に疲れて横になっている。

さっきも外出先から戻って、ひどい疲れを感じて横になった。『困った。もう起き上がれない。夕食も作れない』と思う。

頭と顔のツボを手で押してみる。所々、飛び上がる程痛い。でも押している内に瞬間的に回復する。『あっ、起き上がれる。料理もできる』と思う。

これは何なのだろう？　脳への血流が滞って、一時的に脳の機能が低下すると動けなくなり、意欲も低下するのか。これは「認知の変動」という症状なのか？　ツボへの刺激で急に血流がよくなると瞬間的に回復するのか？

そういえば、今日、左上腕に灸をするような温感（一点で結構熱い）を数回感じた。これは初めて。鋭い痛みが続いたこともあった。体感幻覚だろう。

慣れてしまって書いていないが、いつもある症状は頭の違和感（締め付けられるようだったり、後頭部に何か詰まっているような感じだったり）。耳鳴り（シャーッという音がしょっちゅう）。首と首の付け根がひどくこった感じ。倦怠感。パワー（元気）が出ない感じ。徐脈。ユラユラ揺れる浮動性めまいは、寝床についてからたまにある。悪天候の時は、調子が悪い。

## 6月27日　診断（Kさんへのメール）

今日は、X病院にひとりで行ってきました。実は、去年の秋以来です。本当はもう少し早く行きたかったのですが、一度予約を延ばすと40〜50日後になってしまったりして、今頃に。今朝も調子が悪く、遠出はしたくなかったのですが、必死で行って来ました。

「レビーから来ている（症状だ）と思う」と言われました。

幻視より何より自律神経症状が辛くて困ると訴えるとアリセプトを勧められました。

「3㎎で出すけど、半分に切って飲んでもいいし」と。

記憶障害には困っていないが、自律神経症状にも効くのかと訊いたら、「脳内物質が安定すれば効くかもしれない」という返事。発作のように突然具合が悪くなるのは「認知の変動」なのかと質問したら「レビーは脳内物質がとても不安定だからその変動でそうなることもあるだろう」という答えでした。

レビーの介護家族の間で評判がいいと伺っていた[41]リバスタッチパッチにしたいと

言うと「それでもいい。半分に切って1週間試して、効果がなかったら1枚に。副作用は、他の薬より少ないが、吐き気、かぶれ、たまに幻視がひどくなる人もいる。胸がムカムカする程度だったら我慢して続けていればじきに治まる」という説明でした。

診察の時、頭痛がひどくてあまり質問もしませんでしたが、自分の徐脈（55いかない位）とレビーの頻脈の関係を質問したら「（徐脈も）異常です」と一言。腕を動かしてパーキンソン症状の有無を何度も試し、「ないね」と不思議がっていました。

今夜からリバスタッチに初トライしてみるつもりです。もしかしたら明日の朝には、生まれ変わったように元気一杯かも……。なんとかこれで復活したいです。

メールには書かなかったが、去年の秋の脳血流検査（＊12参照）の結果を聞いた。レビーで低下することが多い後頭葉よりも前頭葉の血流が悪いと言われた。「うつ病

41　アルツハイマー型認知症に適応のある小野薬品工業株式会社の貼る抗認知症薬。一般名、リバスチグミン。ノバルティスファーマ社のイクセロンパッチも同じ成分。

によく見られるものです。血流が悪いってことは、機能が低下してるってことです」。

自分の病気がレビーだということは、わかっていた。でもあらためて診断されると「あーあ」という気持ちも出る。『もしかしたら甲状腺のせいなのかも知れない、もしかしたら……』と無意識では思っていたんだなと気が付く。

## 6月28日　抗認知症薬治療開始

夕べ10時から抗認知症薬4・5㎎の半量を始めた。寝付き変わらず。3時頃目覚め中々寝付けず。5時に起きる。頭の締め付け感あり（全ていつも通り）。8時位から意欲が沸いてきて、部屋、風呂場、トイレの掃除を始める（考えてみるとしばらく掃除もしていなかった）。風呂の天井やトイレの細部など滅多に手を付けない所まで。久しぶりに踏み台昇降運動も少しやったし、散歩に行こうかと思った。

しかし2時間も掃除をしたら急に疲れを感じて横になり、そのまま昼寝。起きて昼食を食べて、また寝る。起きたら2時だった。眠いという感じとも違う。どちらかというと運動して心地よく疲れた感じに近いような。

でも目覚めてからのテンションは低い。突然の意欲アップも長い昼寝も薬の作用なのだろうか？（この薬でまれに眠くなる人がいると医師のブログに書いてあった）

今までもこういうことは、よくあった。急に心身ともに軽くなって、突然、意欲的になり色々なことをやり出す。ガーッと何時間も活動して、疲れてダウン。

明後日は、絶対に行かなければいけない認知症セミナーがある。外で眠くなると困る。

## 6月29日　分裂

2日目。午前中、頭を締め付ける感じ続く。疲労感もある。でも動ける。動くことに苦痛を感じない。私は、家事がひどく苦痛なのは、頭の重さや倦怠感のせいだと思っていたけれど、違った。うつのようなものからだ。そして、昨日、今日と午前中だけだが、かなり改善されている。[42]アセチルコリンがうつと関係するのか？

夫とのコミュニケーションが上手くいっていない。夫は、診断を隠していることに不満と不信を抱いている。でも、今は言えない。言ってもお互いに益がないと思う。

しんどいなあと思う。でも踏ん張らないといけない。

「踏ん張ったら何があるの？　何か良いことでもある？　治らない病気だよ」

「投げ出すわけにはいかない。家族のためにこれ以上進行しないようにしないと」

「みんな捨ててしまえばいい。どこかに行ってしまえばいい」

「無責任だ。自分のことしか考えてない」

「そんな風に考えるから病気になるんだ。お前の人生はいったい何なんだ」

いまだかつてこんなに自分が分裂したことはない。精神科に行く？　バカらしい。冷静になろう。大丈夫。この貼り薬は、きっと効く。必ずうつからも脱する。認知機能低下も先延ばしできる。私は敵を知っている。戦う武器も持っている。

でもひとりで巨大な軍隊と戦うような気がする。

目に見えない分、軍隊より恐い。悪魔のようだ。


こんなことを書いているということ自体、うつが重いということか。

## 2013年7月3日　生まれた意味

思ったような効果を感じずにいる。明日で1週間。抗認知症薬の分量を1枚にするか？　少し恐い。それでも効果なく、眠くなるだけならこの薬は使えないということだ。

最近、家族の予定など頻繁に忘れる。計算を間違う。

テレビで難病患者が「人生、楽しく生きる」と言う。それは、患者には大切だと思うが、今の私にはない発想だなと思う。

私は、人生に意味を求めている。

人生は、どうせ苦難に満ちている。楽しくなくても、意義のある人生ならいい。人の役に立ちたいし、社会を少しでも良い方向に変えるために働きたい。小さなことでいい。

42　神経伝達物質のひとつ。1914年に発見され、この物質の減少を防げば認知症の治療ができると考えられて、最初の抗認知症薬が開発された。

私がこの世に生まれたことに意味があったと思いたい。

今まで役に立ってきたのかと問われれば、全くそう思えないけれど。そんなことはないと思わなきゃいけないいんだろう。

## 7月4日　1歳から始める

抗認知症薬を倍にして1枚に。睡眠不足だが、朝起きた時、楽になったと感じた。何をするのも辛い感じが一日中出なかった。効いた。効いた。やっと私を救う光と出会えた。

これであと何年か認知機能低下を遅らせられる。その間に新薬は出ないだろうか。

6年近く飲み続けた抗うつ剤、5年以上飲んでいた抗不安薬（不安はないと言っているのに飲めと言われた）。ずっと、ただの毒を飲んでいたんだなと思う。

51歳になった。人生50年。最初の人生は、終わったと思おう。

1歳から始めよう。1歳なら失敗も許される。1歳なら笑われたって平気。

過去はみんな忘れよう。新しい人生を始めよう。
下り道をゆっくりと下りて行こう。また違う景色を楽しめるだろう。

最近、見るもの読むものに、以前と違う感じ方をする。
死を見つめている人の気持ち、滅びてゆくものの気持ちが、生々しく胸に迫る。
私は、何もわかっていなかったんだなと思う。
そうしたら豊かに生きられそうなものじゃないか。
何をどうすればいいかは、まだわからないけれど……。

## 7月5日　『静かな生活』

1枚に増やして2日目。やはり「うつ」の辛さが出ない。テンションは低いが、苦しくない。辛くなった時、横になるとすぐ寝入っていたのに、今日は、疲れを感じて横になっても眠らなかった。やはりあれは、意識障害だったのか。
ふと映画『静かな生活』[43]の一シーンを思い出した。イーヨーがお婆さんに言う。

「元気を出して（しっかり生きて）しっかり死んで下さい」

とても心に響く。励まされる。

『そうだ。どうしようなどと思わずに、元気を出して、ただしっかり生きて、しっかり死ねばいいんだ』と思う。救われる。

## 7月7日　抗認知症薬の効果

気が付くとずっと幻視を見ていない。薬のせいか。今日も「うつ」はない。

睡眠障害（寝付くまで1時間位。夜中に数回目覚め、朝4時頃からは眠れない）は、毎日続いている。しかし以前ほど昼寝はしていない。以前は、発作のように急に座ってもいられなくなり、横になった瞬間、気を失うように眠りに落ちた。

もっと早く治療を始めれば良かったのか。甲状腺ホルモンの値が不安定だったので、安定してから診てもらいたかった。様々な症状は、甲状腺のせいだと思いたかったのかも知れない。99％レビーだと思っていても、残りの1％が、確かに希望だった。

でももう立ち直り、希望がない訳じゃない。

うまく治療できれば、今の状態をまだまだ保てるとわかっている。

## 7月10日　無汗

猛暑日が3日続いている。汗が全然出ない。全身サラサラ。体温が上がる。あまり暑さを感じないけれど、頭が締め付けられるように痛いので体温を測ると37・7度。体を湿らせ冷やす。頸動脈に氷を当てたりもする。比較的すぐ体温は下がるが、またすぐ上がる。微熱があっても足や腕は冷えて寒かったりするので、冷やし方も難しい。抗認知症薬を倍量の1枚にして7日目。珍しく6時間も眠れたのに、久しぶりの「発作」で座っていられなくなり、横になったら2時間半眠っていた。

こんな状態が続くのだろうかと思うと暗くなるが、今日だけかもと思い直す。なんとかなる。仕事をしてる訳じゃなし、家でゴロゴロ過ごせばいいじゃないか。

43　1995年公開の映画。監督、伊丹十三。原作は、大江健三郎の同名小説。イーヨーは知的障害を持つ青年の呼び名で渡部篤郎が演じた。

穀潰し？　いいじゃない。病人なんだから。寝てたって。でもそれを人に理解してもらうのは困難。自律神経失調症にしておくか。

## 7月11日　認知症患者の顔

今日も軽いせん妄[44]（？）か意識障害の状態になった。疲れて1時間昼寝して目覚めた時、おでこから上に違和感。脳に血が行ってないような、頭部がひきつっているような。

鏡を見たら進行した認知症患者の顔になっていた。目が小さく生気がない。その状態でなんとか料理をしていたが、ツボを刺激し続けていたら、ふっと治った。頭のてっぺんのツボ（百会《ひゃくえ》）と鼻と唇の中間のツボ（水溝。意識を覚醒させる）。

## 7月12日　性格の変化

まずいことになってきた。抗認知症薬を4・5㎎にして1週間を過ぎてからまた不調になってきた。一日の多くの時間、微熱がある。少し頭が重い、だるいと思って測ると必ず微熱。今日も37・7度だった（平熱は36度ない位）。

脳内神経伝達物質の不安定さなのか、血流の不安定さなのかわからないけれど、脳に変動を感じる。脳が変だと思う時は、鏡を見ると異様な顔をしている。せん妄を起こしているのか？　そういう時は、頭も正常に働かない。でも自覚も記憶もある。

最近、気が短くなった気がする。ちょっとしたことが気に障る。体がしんどいので、余計なことをする心の余裕がないのかと思っていたが、性格の変化かもと思った。人に気を遣う余裕がない。我慢する、気を配る、労《いたわ》る、慰める、そういうことが、以前のようにできなくなっていると感じる。

これは認知症の症状かと、今日ふと思い、恐ろしくなった。

44　一時的に意識レベルが低下し、認知機能の低下が起こる。幻覚が現れることもある。高齢者は脱水や便秘など体の不調や向精神薬などさまざまな処方薬でも起こりやすく、認知症では特に起こりやすいが原因を取り除くことで回復可能。せん妄状態の時の記憶は残らないという。

## 7月20日　優しい言葉

涼しさは続き、体調も安定している。一昨日、足の三陰交《さんいんこう》[45]に灸をしていたら、突然全身に汗が出てきた。35度でもサラサラだったのに。


夫が言う。「これからは、ふたりであちこち旅行しようね」

何も言えなかった。『ごめんね。「これから」は、ないんだよ』

夫に病名を言えないのは、夫の混乱からもしかしたら飛び出すかもしれない「傷付く言葉」より、「優しい言葉」を聞くのが怖いからだと気付いた。

優しい言葉をかけられたら、私は、その度に号泣してしまいそうだ。

私は、わからない。私は、自分をどう支えればいいのかわからない。

何事もなかったかのように、感情なんてないかのようにシラッと生きることはできる。感情を取り扱う自信がないから、丸ごと箱に詰め込んで鍵をかけてある。鍵を開けたら、どんなことになるのか、自分でも想像ができない。

病院からの帰り道も私は、何も感じなかった。

何事もなかったかのように歩いていた。
空が青くてきれいだと思った。
そして、『なぜ私は、空がきれいだと思うのだろう』と不思議に思った。
世界は、灰色でもなければ、歪んでもいなかった。
認知症と言われても、私は、平気で歩き、空をきれいだと思うんだ……。

## 7月22日　新しい主治医（家族会のKさんへのメール）

今日、ご紹介頂いたSクリニックに行ってきました。N先生は、非常に好印象でした。医師として信頼できますし、質問にもクリアーに答えて頂けて、安心できます。対等な立場で話し合いながら治療の方法を一緒に探ろうという姿勢は、とても新鮮で、有り難く思いました。

45　内くるぶしの少し上にあるツボ。「婦人の三里」ともいわれ、冷え、生理痛、更年期障害などに有効とされる。

抗認知症薬は、増やして失敗ということもよくあるので（一度副作用が出ると元の量に戻しても簡単に元の状態には戻らないそう）、完全な状態を目指さず、若干効果が足りないかなという位の所で止めておいた方が安全だと言われました。

発作のように起こるのは、やはり意識障害の一種だろうとのこと。脳血流改善薬を試してみることになりました。

帰宅してまた「発作」が起こったので試しに飲んで、横にならずに頑張っていたら30分くらいで治りました！　万歳!!

色々な選択肢を示されたのですが、不眠に抑肝散（幻視の薬かと思っていたら元々不眠の薬。効く人と効かない人に分かれるそうです）、体調不良に加味帰脾湯《かみきひとう》[46]を処方して頂きました。漢方薬も使えば、まだ症状を緩和する手段は、色々あると言われました。

地獄の池に蜘蛛の糸がスルスルと下りてきた感じです。

私は、薬剤過敏が相当強いそうで、１つずつ飲んでは効果を自分で確認するよう言われました。

がぜん元気が出てきましたよ〜。本当に本当にありがとうございました。

（メモ）昨日、夫に診断名を初めて伝えた。

**7月24日　回復**

脳血流改善薬の効果を感じている。効果が出ない人もいるという中で、くじに当たったような気分。
昨日は気温35度の中、出掛けたが、熱も出ず頭痛もなかった。驚いた。汗が出るせいか、喉も乾いた。随分久しぶりに10分間の室内運動もできた。発作もまったくなし。灸も続けている。

**7月28日　漢方薬**

---

46　漢方薬。貧血、不眠症、精神不安、神経症、うつなどに効果があるとされる。

人体実験の毎日。多くの人に効く抑肝散と加味帰脾湯が、私には合わないよう。漢方薬やツボについて毎日調べている。

東洋医学に詳しい友人に電話し、漢方の専門病院について相談した。近くの病院の方が良いと言われ、再び探し始めた。良さそうな所があった。私の体質に合う漢方薬のことを相談に行きたい。主治医はもちろん変えない。

夢を見た。私は、賑やかな老人ホームに居る。壁一面の窓から高い水平線が見え、沈んで行く巨大な夕日が見えた。美しかった。「私は、ここに入ろう」と決めた。

## 2013年8月2日　楽観

発作は確実に減っている。耳鳴りや頭痛も軽減している。特に脳を締め付けられるような変な痛みは、全然ない。

昨日は、異常な蒸し暑さの中を遠出して人と会った。倒れるかと、行く前は思ったけれど、なんと汗が出た。夜も足首と上腕の冷えを感じず、毎日かかせないレッグウォーマーもいらなかった。

今日は、一転、涼しく過ごしやすいのに熱が37・7度まで上がり、ゴロゴロしていた。何なんだろう？　人と会うと、脳血流がアップして正常化するのか？

発作がなくなって普通に生活しているせいか、幻視が見えなくなったせいか、私はいつの間にか、病気のことを悲観的に考えなくなった。自分の将来も、根拠なく大丈夫なような気がする。

夫にもポジティブな面しか伝えていないので、深刻に捉えていないように見える。

## 8月4日　スロージョギング

微熱はよくあり、気分が悪く、少しイライラする時がある。うつ（悲観的思考）はなくなっていると思う。子ども達や親戚に病気のことを話しても大丈夫な気がしてきている。伝え方を考えなければいけない。

昨日の朝は気分が良かったので、1年振り位（？）にスロージョギングをしてみた。最初は体が重かったが、その後は気持ち良く、30分走れた。腿の筋肉痛あり。すこぶる調子が良いと思っていたが、その後、どっと疲れが出て不調に。今朝は15分だけにしておいた。昨日の30分より疲れた。
夫と花火大会に行ったが、たまらなく寒くなって途中で帰宅。

## 8月9日　無人の車

夕べ、子どもの運転で外出。駐車した車から先に降りて前を歩いた時、その無人の車がゆっくり前進してきた。慌てて車に戻り、立っていた子どもを押しのけブレーキを踏んだ。サイドブレーキはかかっていた。「暑さで頭がおかしくなった⁉」と言われた。

抗認知症薬を使い始めてから幻視は一度もないと思っていたのに。私は、幻視を現実と信じて行動している。不審者の幻視を見て警察に電話するレビー高齢者と同じだ。ショックだった。

注意力、計算能力、料理の能力、色々な力が落ちてきているのを感じる。昨日も不注意で器を何枚も割った。恐ろしい。恐い。

## 8月14日　『ためしてガッテン』

家族会のKさんの紹介で『ためしてガッテン』[47]のディレクターのインタビューを受ける。

誰にも言えなかった症状を、初めて人に詳しく話した。敬意を持って、真剣に聞いてもらえた。この病気に強い関心を持ち、既に相当勉強し、深く理解していることに驚く。

レビーを紹介する初めての番組は、たくさんの人達を救うだろう。そんな番組ができること、それに協力できることが、言葉にならない程うれしい。昨日まで頭痛や熱に苦しんでいたことが嘘のように、自分がとても正常に感じられる。

私は、救われた。すべてのマイナスが、一斉にプラスに切り替わっていく。

---

47　NHKの番組。2013年10月2日の放送〈気づいて！新型認知症　見分け方&対策大公開〉でレビー小体型認知症をテレビで初めて特集した。2019年3月6日に再び特集され、本書と著者が紹介された。番組名は2016年4月から『ガッテン！』に変更。

## 8月31日　平静

早朝の30分のスロージョギングが、10日間続いている。

精神的にはとても落ち着いていて、殆ど平静でいる。レビーだということが、大した事ではないようにも思える。もっと深刻な病状の人はいくらでもいる。友達に言っても、親戚に言っても、子どもに言っても、問題は起こらないような気がする。

# 2013年秋

# 子ども達に伝える

## ２０１３年９月１日　大きなチャンス

全力で活動している。もう集中力なんて失ったと思っていたけれど、身体のどこかに残っていたらしい。

ただでは死なない……（いや、すぐ死ぬとはもう思っていない）。自分の人生が無駄だったとは思いたくない。私に起こったことをただの苦しみには終わらせない。すべてのことが、転じて幸いとなったと、笑って死にたい。絶対に笑って死ぬ。

私は、大きなチャンスを与えられたのだと思う。

[48]マイケル・Ｊ・フォックスが、自分を「ラッキーマン」と呼んだように、私も多分、とてつもない幸運を与えられたのだと思う。私にしかできないことがあるのだから。

## ９月21日　漢方医

昨日、漢方の専門医の所に初めて行った。予約してから1カ月かかった。自律神経症状には漢方薬が効くと聞き、漢方なら漢方の専門医が良いだろうと思った。レビーのことは知らないだろうと思って病気に関する資料を作って持って行った。やはり病名を知らず、その場でぶ厚い本を開いて調べたが、レビーの病名はなかった。

脈診、舌診、触診など丁寧にし、「とても複雑で難しいケース」と言われた。「それでも探して行けば合う薬に行き当たるだろう」と。

偶然なのか、体に合わなかったのか、昨日、今日と寝込んだ。意識障害の感覚。最近、脳血流改善薬の効果も薄れている。一発で私に合う漢方薬に行き着くとは思っていない。自律神経が壊れているのだから。定番の抑肝散も加味帰脾湯も私には合わなかった。

でもこんな風に一日（9時から3時）何もできずに寝ていると、孤独の海に、ひとり浮かんでいる気がする。私を支えてくれる人は大勢いるのに。

48　マイケル・J・フォックス『バック・トゥ・ザ・フューチャー』に主演した俳優。1991年、30歳でパーキンソン病と診断された。闘病体験を綴った著書が『ラッキーマン』2003年、ソフトバンククリエイティブ刊。パーキンソン病の研究助成活動を続ける。

## 9月22日　枯れた花

この頃、ネット上で情報を探したり、読んだりするのが、以前のようにはいかなくなってきた。短時間で頭痛、首の痛み、目の疲れを感じる。一度そうなると何をしても中々回復しない。長文を読み続ける気力が出ない。

この夏、同じ服ばかり着ていた。違う服を探す気力が出なかった。料理の品数も減っている。何品も作る前に力尽きてしまう。夫の服や背広の管理もできなくなった。

枯れ葉や枯れた花の美しさに惹かれるようになった。

## 2013年10月1日　断崖絶壁

雨のせいもあるのか、精神状態がよくない。気力がなく、だるく、眠く、寂しい。[49]加味逍遙散《かみしょうようさん》は、今日諦めた。3分の1にしても血圧が下がる。毎日これだけ努力しても自分に合う漢方薬と出会えない。

人に会いたい。人と話したい。でもこんな状態では会えない。

「私はレビー小体型認知症という病気なんだ。私は、この病気に苦しめられているんだ」と言いたい。「王様の耳はロバの耳」と穴に向かって叫ぶように言いたい。言ったらどうなるのだろう？　何が変わるのだろう？

何も変わらない気もする。本当の友達以外は、去って行く……そのくらい？　言わなかったら何が保たれるのだろう？　私は、いつまで嘘をつき続けるのだろう？

断崖絶壁をひとりで歩いている気がする。

何かがあれば、すぐにでも落ちて行く。

落ちてはいけない。気を確かに持って、しっかりと歩いていかなければ。

そう自分に繰り返し言いながら、今にも落ちて行きそうだ……。

脳血流が悪いから？　うつモードだから？　……今日は、ダメだ……。

49　漢方薬。血液循環をよくする一方、ホルモンバランスを整えるとされる。頭痛、めまい、不眠などの症状を和らげる。

## 10月5日　漢方薬の効果

昨日、うつの底を打ったのか、今日は、ずっと楽になった。今日、午前中から意識障害があったが、真武湯《しんぶとう》[50]3分の2袋を飲んだら改善。午後も同様に改善。横になるしかない状態から持ち直した。頭は、少し霧がかかったような感じだが、普通に活動できた。やっと私に効く漢方薬と量に辿り着いた。

この頃脳血流改善薬の効果が落ちている気がして、不安だった。この薬が効かず、抗認知症薬の効果も落ち、漢方薬もダメなら、もうずっと不調と苦しみの中に生きていかなければいけない。

何もしなくても暑くなり、全身にうっすら汗をかくのは、漢方薬の効果か、病気の症状か、更年期障害か、判別できない。でも冷えよりはずっと良いと思っている。猛暑でも冷えが辛かった。35度を超えても体感では暑いと感じなかった。熱帯夜でも二の腕とふくらはぎが冷たくて目が覚め、寝付けなかった。今、そんな冷えは感じない。むしろ時々暑い。

## 10月6日　弱さを思う時

空が青い。そう思うだけで、意味もなく涙が出る時がある。

自分の弱さを思う。

どんな小さなミスでも『認知症が進んだのか⁉』と思う。人の名前が思い出せないとき。「みそ汁が美味しくないよ」と言われたとき。何かを買い忘れてきたとき。

がん患者は、背中が痛くても頭が痛くても再発かと怯えるという。同じだ。

進行したのか？　妄想が出るのは、いつ？　書けなくなるのは、いつ？　来年は、今の状態を保てない？　疑問だけが、膨らみ続ける。今にも音を立てて壊れてしまいそうだ。

ずっとうつっぽかったせいもある。来年のことなど誰にもわからない。

50　漢方薬。体を温め、水分の循環を良くしたり、虚弱体質の改善に用いられる。疲れやすさ、全身の冷えやめまいなどの症状を和らげるとされる。

元気を出して生きていく以外ない。

考えても仕方のないことは、考えなければいい。

泣きたい時は、泣けばいい。

## 10月9日　谷の上の平均台

今日も軽い意識障害がある。気力の低下。精神的にあまりよくない。

一昨日、友人と会った。話の流れで病気のことを話そうかと思っていたが、結局言えなかった。恐かった訳ではない。その人も重いものを背負っているのに、更に荷物をひとつ載せることはためらわれた。私を思ってくれる人には言えない。苦しめたくない。

谷の上に一本だけ伸びた平均台の上をひとりで歩いている気がする。

気をしっかり持って、覚醒して、持てる力すべてを使って上手く歩いて行きさえすれば、大丈夫なのだろうと思う。大丈夫なのだと、自分に言い聞かせ続ける（でも肝心の自分自身が一番頼りにならない。体調も気力も覚醒度も頭の回転も常に揺らぐ病気なのだから)。

音のない谷に風が吹く、雨が降る、夜が来る、寒さに震える……。今にも落ちていきそうだと思いながら、「私は、大丈夫だ」と呟き続ける。

本当のことを口にしたら、これ以上一歩も進めない気がする。今すぐ谷底に落ちて行く気がする。

「恐くて、恐くて、たまらない」と。

## 10月12日　病気から離れる

私＝病気ではない。

病気＝不幸でもない。

病気は、私のごく一部分であって、私をベッドに縛りつけるものですらない。

なんでもないことだと思えば、なんでもないことなのだ。

取るに足らない、些末なことと思えば、そうなるのだろう。

すべては、その人の受け止め方なのだから。

病気から離れよう。一歩。そしてまた一歩。

病人としてではなく、私という一人の人間として生きる道を考えよう。

## 10月13日　隠している限り

友人に病名を話そうと思う（親しい友人達には、病気だとしか伝えていない）。

隠している限り、前に進めない気がする。

病名すら知られていないこの病気に関心を持ち、この病気を理解して欲しい。私は大丈夫だと、これからも普通に生きていきたいのだと伝えることで、心配をかけないようにすることは可能ではないか？

私は、うそをつきたくない。コソコソと生きていくのは嫌だ。

私は、自分自身を生きたい。

## 10月18日　景色の消えた空間

服の管理（把握）ができなくなった。自分がどんな服を持っていて、どこにあるのかがよくわからない（普通の人と比べたらずっと少ないのに）。洋服ダンスの中に何が入っているのか覚えていられない。夫の背広は、もうまったくわからない。たくさんの背広の前で、ただただ呆然と立ち尽くしてしまう。

今朝、夫が背広のズボンがないと困っていた。私にもどこにあるのかわからない。何の記憶もないし、どこを探せばいいのか、何も思いつかない。涙が出てきた。

夫から謝るメールが来た。夫のせいではない。

病気の進行を自覚すると泣けてくる。かなしい。こわい。さびしい。

じわじわと殺されていくような気がする。

色々なことを把握していないという自覚がある。様々なことが皆のっぺりとして、つかみどころがなく、ひとつひとつの区別が付かないような感覚。過去は整理されず、グチャグチャに存在し、いつの出来事なのかわからない。未来の段取りもできない。景色の消えた空間にポツンとひとり立っているよう。でも不思議と恐怖は感じない（これも認知機能の低下？）。ただ呆然としている。というより、ぼんやりしている。

なぜだろう？　考えたら恐ろしくなるから、考えることを無意識に拒否しているのか。

## 10月22日　同病の人の勇気

昨日は、若年性レビーのOさん（同性・同世代）と初めて電話で話す。周囲の人達に積極的に病名や症状を伝えているという。

「理解してくれなくてもいい。知ってくれたらいい」と。

もの凄く勇気付けられた。もの凄く力をもらった。

私は、闘病に必要なものを、すべて持っているとあらためて気付いた。情報も人脈も。もちろん支えてくれる家族や友人達も。何も怖れることはない。

## 10月23日　変わらないもの

若年性レビーのOさんと話して心が定まった。

友人に病名を話した。そのままに受け入れてくれた。

救われた。なぜもっと早く話さなかったんだろうと思った。

怖かったんだと気づいた。何げない一言で傷つくこと。関係が変わってしまうこと。この病気であることを自分の中で消化するにも時間がかかっていた。

偏見などないはずだけれど、自分に「認知症」の烙印を押されることへの抵抗感はあった。自分の胸に貼られた抗認知症薬を最初に見た時、もう二度と温泉には入れないと思った。80代の認知症高齢者が貼っているのと同じシール。介護家族が見れば、わかる。一円玉ほどの大きさしかないのに、認知症というラベルを貼られた私の身体は、既に永遠に違うものになってしまった気がした。

記憶力の低下は、最近、また強く感じる。時間の距離感も失われていく。段取りもできなくなっている。

それでも私のアイデンティティーは、壊れていないと思う。人間関係も変わらないと思う。私は、ずっと私なのだと、なんとなく信じられる。

それは、私に深い安心感を与える。

## 10月24日　うつ病の脳

なぜあんなに孤独だったんだろうと思う。

一番話したいことを誰にも話してはいけないと思っていたからか。

私は、ひとりじゃない。支えてくれる人は、最初からいっぱいいたのに。

でも9年前、うつ病と誤診された頃もそうだった。人との接触を避けていた。夫と話すことすら。友人が心配して電話をかけてきてくれても話すことができなかった。

人と話すことが、拷問のように感じられた。人の視線や言葉が恐くてたまらなかった。

心臓《ハート》がむき出しになっている気がした。

うつ病患者は、脳の中の扁桃体が異常に活性化して不安や恐怖を感じるとNHKスペシャルで言っていた（『病の起源』）。認知症とうつ病の脳のメカニズムは、何が同じで、何が違うのだろう。

昨日は、頭痛、今日ひどくだるいのは、台風が近づいて来ているせいか。

でも、私は、何でもできると思うようになった。

私には、時間がある。やりたいと思うことを何でもできる時間がある。

無限の可能性がある。面白いと思うことをどんどんやろう。

10月19日までは、死ねたら楽だなと思っていた。あの車が、脇見をしてここに突っ込んで来たらいいのにと。でもその日、事故に巻き込まれそうになった。

『死にたくない！　まだ死にたくない！　夫や子どもの所に帰りたい！』と強烈に思った。自分は生きたいんだと気づいた。笑った。元気が涌いた。吹っ切れた。

## 10月28日　諦めることで開かれる扉

続く台風のせいなのか、だるく、気力が出ない日々。嫌になる。頭痛を我慢して友人とのランチに出掛けたが、途中で意識障害を起こす気配を感じてバタバタと別れた。

体調の悪化は、いつもうつを伴う。立て直さないといけない。

そう思って好きな作家（田口ランディ）の主宰する太極拳の合宿に申込みをした。体調など考えずにエイヤっと決めた。この状況を打破しなければ。扉を開くんだ。

若年性認知症の人の言葉「達観ではない。諦観だ」を今日YouTubeで聞いた。達観は、できないだろう。一生。

失ったものは、取り戻せないのだと諦観する以外にない。
諦める。諦められたら、次の扉が開かれる。
不安は消えない。消えることはないだろう。
それでもうずくまって泣いているのは嫌だ。
踏み出したい。
私がやるべきことをやりたい。
私にしかできないこともきっとあるだろう。
おもしろいことをしてワクワクしたい。
そうすることで進行を遅らせることもできるだろう。
体調が悪いなら悪いなりに、できることをしたい。
笑って生きたい。

## 10月31日　運が良い人

長嶋茂雄さんが園遊会で体調を聞かれ、「60％です」と答えていた。『あぁ、そうだ。

60%でいいんだ』と思った。うつ病と誤診された頃は、「70%の力で生きていきなさい」と言われた。今は、60%で良しとしようと思う。

寝込むほどの意識障害はないけれど、首から背中にかけて重く痛い時、高い熱があるようなだるさを感じる時がある。そうなると何もできない。

今日は、耳の後ろのツボを押して腹式呼吸をするという方法で少し楽になったのを感じた。真武湯も楽になるし、首を温めたり、ツボを刺激したり、血行が良くなることは、大体効く（効き具合は、その時々で違う）。

先日、松下幸之助氏が「運が良い人は、（自分が）運が良いと思っている」と言ったという話を聞き、目が開かれる思いだった。

結局、運も主観でしかない。車に轢かれて入院して、不運と嘆くのも、命が助かって幸運と喜ぶのもその人のものの見方次第だ。すべては、不運にも幸運にもなる。

私が、病気になったことも幸運と見ることだってできる。

すべてのことを幸運と考える人は、すべてのことを幸運に変えるのだろう。

## 2013年11月3日　一人称としての病

昨日、レビー小体型認知症の研究をする医師達の研究会（学会）へ。研究発表を聞きながら、私は、とても不思議な気がしていた。医師達は、三人称で話す。人間というより患者、患者というより症例を語る。

私は、それを一人称のこととして聞く。語られる症状は、私が、日々味わっている症状で、そこには、痛みがあり、苦しみがあり、嘆きがあり、闘いがある。そこには、色があり、ぬくもりがあり、匂いがあり、弾力がある。

同じ症状について語られているのに、それは、まるで別の次元のものに感じる。それを悲しいとか悔しいとか思う気持ちは、まったくない。ただそのあまりの違いを不思議に思い、おもしろいと思う。同じ部屋にいるのに、同じ空気を吸っているのに、彼らと私は、無限に隔てられているように感じた。

だから治療法の開発が進んでいるのだと聞いても、それを自分の世界のこととして実感することはできなかった。素直に喜ぶべきことなのに。

製薬会社をスポンサーにしていることにも違和感を覚える。介護家族がよく訴えている副作用の話が出ない。他社製品の話も出ない。

## 11月4日　侮蔑

診断されてから、今まで普通に使っていた「認知症の人」「認知症患者」という言葉が、とてもひっかかるようになった。

認知症と共に生きる人に対して、私自身は、偏見がないつもりだ。認知症だから、記憶障害があるから他の人より劣っているとは、まったく思わない。

けれども、今、「認知症の人」「認知症患者」と呼ばれると、違和感も抵抗感もある。

そのくらい認知症という言葉は、深く誤解され、既に広く侮蔑的に使われている。「認知症の人は家族の顔まで忘れるんでしょ？」「認知症の人にそんなことわかるんですか？」「認知症の人でも花がきれいだなんて言うのね」「あの患者、ニンチだから」

痴呆を認知症に変えても、誤解や偏見は変わっていない。物忘れの病気と思われている「認知症」よりは、「認知機能障害」の方が、レビー小体型認知症の症状をより正確に伝えられると思う。しかし、認知症を認知機能障害に変えたとしても、人は、それをまた侮蔑の言葉として使うだろう。

そのスティグマをどうすれば消すことができるだろうか？

## 11月5日　ガンダムと失禁

レビーに早期から出る頻度が高く、最も避けたい症状は、失禁。始まれば、外出も嫌になるだろう。自己イメージは、著しく傷つけられると思う。排泄は、人間の尊厳にとって、ものすごく大きなことだ。

「僕が、リハビリパンツってことは、みんな知ってるから」と若年性レビーのBさんは言ったという。そんな風に言えるなんて凄いと思った。女性と男性は違うのか。私には、とてつもなく高いハードルだ。病気の症状なのだから恥じる必要などないはずなのに。

ミスやもの忘れが増えている気がする。大抵のことは覚えている。でも、何かがストンと抜け落ちる。

ガンダム（ロボット）の内部で操縦している自分（の思考力や感情）は、まったく変わらないのに、ロボットの性能が低下していて、時々思いもかけない誤作動を起こすと感じる。どうして自分がそんなミスをしたのかが、わからない。ミスをしないようにあらゆる工夫をし、十分神経を使っているのに。

## 11月6日　子どもに伝える

M（上の子）が、帰省した。今こそ伝えなければと思った。

私は、「レビー小体病」という病気であること。

それは、レビー小体という物質が、脳や自律神経など全身にたまることによって起こる。どこにどれだけたまるかによって、症状はまったく違う。歩行障害が出たり、視覚的な問題が出たり、自律神経症状が出たり。医師にもまだよくわからない病気で、先のことは、わからない。今は、自律神経症状だけが目立っている。研究は進んでいて、将来は治る病気と言われている。私は大丈夫だから、心配いらない。

そんなことを話した。その後、A（下の子）にも。ふたり共、ごく自然に受け止めてくれた。

「大丈夫！　もし歩けなくなったって、車いすがあるじゃないか！」

「倒れたらいつでも帰ってくる。介護休暇もある。毎月仕送りするから（無職だからって遠慮してないで）好きなもの買えよ」と言う。

私は、どうして何年も、バカみたいに悩んでいたんだろう。私は、本当にバカだ。子ども達は、とっくに私の想像を越えている。人を支える存在に成長している。人は、いや、私は、弱く、頼りない。人に支えてもらわなければ、生きてはいけない。どうしてそんなあきらかな事実すら、私は、認めようとしなかったのか。

私は、もう何があろうとも生きていけると思う。

大丈夫。絶対に進行はさせない。今の私は、最強。

## 2013年冬　進行の恐怖

苦痛のはげしい時こそ
しなやかな心を失うまい
やわらかにしなう心である
ふりつむ雪の重さを静かに受け取り
柔らかく身を撓《たわ》めつつ
春を待つ細い竹のしなやかさを思い浮かべて
じっと苦しみに耐えてみよう
——細川宏　『詩集　病者・花　細川宏遺稿詩集』
（1977年、現代社刊）

## 2013年12月6日　申請

主治医のN先生の所に行く。障害者手帳と自立支援医療[51]の申請のための書類と自分で用意した細かいメモを持って。この制度は、知識としては知っていたけれど、自分が申請することは、まったく頭になかった。

同病のOさんと会った時、「もう持ってますか?」と障害者手帳を見せてくれた。「申請した方がいいですよ。働きたくても働けないし、普通の生活を送れないのだから。堂々と申請できますよ」と勧められた。Oさんは、診断直後に病院で勧められたのだという。

医療費が1割負担になるというのは、夢のような話だと思った。働けなくなって、(自分の)収入がゼロになったのに、医療費だけは、驚く程かかるようになり、精神的にも負担だった。これが死ぬまで続くのかと思っていた。

保健センターに行くと、職員がとても親切に申請の仕方を教えてくれた。ほっとした。

ただ「(認知症は)ご主人ですか?」と最後に言われて絶句した。あの長い沈黙の時間は、私の中のゆがみ、引け目を表しているのだと自覚した。

N先生が書きやすいように、症状や困っていることなどを書き出した。どれも診察室では話したことのないことばかりだった。処方に役立つ情報しか、普段は話していない。細かい悩みなど言っていたら切りがない。でも運転が怖いとか、夜間の外出が怖いとか、座れない電車に乗れないとかいうことは、日々困っていることだ。

通常、診断書を頼むのは、勇気が要る。「そんなに補助金が欲しいんですか?」と言うような心ない医師も世の中には実際にいる。

「私でも該当するでしょうか?」とN先生に訊くと、「もちろんです。当然該当しますよ。申請したほうがいい」と快く引き受けてもらえた。

帰り道、涙が出てきた。喜びや安心、将来のこと、不安だった過去のこと、辛かったこと、他の医師から心ない言葉を受けてきたこと、色々なことが、ごちゃ混ぜになって涙になったのだと思う。

51　精神疾患の治療のため、通院による継続した医療を受ける際の、医療費の自己負担額を軽減する制度。

## 12月9日　医師の態度

雨に向かっているせいか頭も体も心も重い。一昨日までは、とても元気だったのに。今日診断書が郵送されて来たのは、驚きだった。数週間待たなければいけないのだろうと思っていた。以前、別の医師にレビーに詳しい専門医への紹介状を頼んだとき、とても迷惑そうに「最低でも2週間はかかる」と言われた。

この10年、家族の受診も含めて、ひどい医師に会うことが多かった。質問すると怒り出したり、冷たく見放されたり、いい加減なことを言われたり、そんな経験を繰り返してきた。いつの間にか、医師に対して多くを期待しなくなっていた。

N先生は、患者のために一生懸命になってくれる人なのだ、患者のことを親身に考え、痛みを思いやってくれる人なのだと思った。

病人は、心も弱っている。不安を抱えて、敏感にも繊細にもなっている。多くの医師は、それを知らな過ぎはしないだろうか。無視し過ぎてはいないだろうか。

## 12月12日　誤診を伝える

9年半前、うつ病と誤診した総合病院に行った（今、疲れて倒れそうだが、書いておかないと忘れるかもしれない）。事前に電話をすると、受付に行くように言われた。

精神科の受付に行き、誤診のことで話をしたいと言ったが、「当時の主治医はもういないから」と断られた。医師と話をしたいと言うと、診察の予約をとれと言われた。その女性に伝えようとしたが、聞く姿勢がなかったのでやめた。

病院の総合受付に行くと相談窓口があったので、そこで話した。レビー小体型認知症という病名を知らなかったので紙に書いた。一通り話すと、相談員が対応するからと相談室に通された。看護師と思われるひとりの女性相談員が硬い表情で入って来た。じっくりと話を聴いてくれた。

「私は誤診され、6年近く間違った治療を受けていた。そのことを精神科の医師全員に知って欲しい。そしてもう二度と私と同じ目にあう人を出さないで欲しい。ただそれだけを強く願っている」と説明した。当時の症状の記録（日記）も見せた。

相談員は、伝えると言ってくれた。持って行った『ためしてガッテン』のＤＶＤを渡した。病院中のひとりでも多くのスタッフに見て欲しいと伝えた。そうすると言ってくれた。

ずっとしなければと思っていたことを終えた。なのに何もうれしくはなかった。
10年分の苦しみと悲しみと悔しさとやり切れなさがよみがえったから?
違う。レビーを取り巻く医療の問題が、何も変わっていないと感じるからだ。
誤診や処方薬で悪化する患者が減っているとは思えないからだ。
私は、この経験を無駄にはしたくない。絶対に。
これからレビーになる人達のために道を作りたい。
そうでなければ、私の人生は、いったい何なんだ。
何もできずに死んでいったら、哀し過ぎる。みじめ過ぎる。
無駄死にはしない。絶対に無駄には死なない。

## 12月14日　虫の衝撃

11月後半からよく飛ぶ虫を見るようになった。でも幻視か本物かわからなかった。この寒さの中で虫がいるだろうかとは思っていた。昨日、目の前で消えて、幻視とわかった。衝撃だった。悲しくもあり怖くもある。抗認知症薬で消えていたのに。

「進行したのか⁉」「次は人の幻視が見えるのか⁉」とすぐ思う。

今日も目の前で消えた。人の幻視だけは、見たくない。

匂いがわからなくなっていることもずっと引っかかっている。それは記憶障害の前触れだと書かれていた。

症状の記録も最近は、あまりつけなくなった。毎日、だるいだの、頭痛だのと書いていると気が滅入ってくる。そんなことは忘れて、元気に明るく生きたいと思う。

自分ができないことではなく、ミスしたことではなく（大抵ひどくショックを受ける）、できること、成功したことだけを意識して、記憶して、生活したい。

私のように微細なひとつひとつの失敗を症状かと考えるより、そのくらい偶然だとか、歳のせいだと笑い飛ばす方が、絶対に進行しないだろう。

虫一匹に怯えていてはいけない。

## 12月19日「認知症の人に見えない」

雨。雨の日の頭痛用に新しく飲み始めた漢方薬（五苓散《ごれいさん》[52]は合わず苓桂朮甘湯《りょうけいじゅつかんとう》[53]が効いた）で、午前中はとても調子が良く、嬉しかった。これで悪天候の日の苦しみが消えるかと思うと、踊り出したいような気分。

しかし午後は、漢方薬を飲んでもダメだった。脳の血流が悪くなっているのだろう。そうなってしまうと、もう血流を改善するための努力（ツボ刺激等）をする気力も失せ、ただぐったりと横になっている。

めげる。一喜一憂してもしょうがないのに。わかっているのに。

自分の症状など大した事はないと思っている。寝たきりじゃない。外出もできる。でも、これが、死ぬまで改善されることがないのかと思うと、堪《こた》える。

人生は、著しく制限されると思う。私は、旅行に行けるのだろうか?

「認知症の人には見えない」と、言われ続けている。ほめ言葉のつもりだったり、診断への疑惑であったり、様々。でも常に、冷たく固くザラザラしたもので心臓をなでられたような気がする。その人の期待していた通りの外見になる日が、私にも来るのか？　それはいつ？　と思う。

「自分が自分でなくなっていくのが、怖くないですか？」と訊かれた。私は、私でなくなることはないと信じることで心の安定を得た。『私は、やっぱり私でなくなっていくのか⁉』と考えた途端に、恐怖感を感じる。不安が襲いかかってくる。

自分は、やっぱり崖のふちを歩いているんだなと思う。

崖の下の方を見ないから歩ける。崖なんてないと思っているから平気で歩ける。

でも崖の下に目をやったら、もう怖くてたまらなくなる。

「認知症の人」と聞くたびに氷水を浴びたような気持ちになる。私の未来が、世の中の人のイメージする通りの「認知症の人」なら、私は、どうして生きていけるだろうか？

5352　漢方薬。水分代謝を改善し、頭痛、下痢、むくみ、めまいなどに効果があるとされる。漢方薬。東洋医学の「水毒」（体内に水が溜まって排出されない状態）によるめまいや頭痛などに効果があるとされる。

## 12月20日　魔境

今日、近所の道を曲がった所で、突然頭の中の地図が消えた。場所、方向、距離がわからず、頭が混乱した。この数カ月に何度かあったが、一瞬なのでたまたまかと思っていた。自分がどこにいるのかも、目的地の方向も、急にわからなくなる。異次元に投げ込まれたように。見慣れたはずの景色が、異質な魔境のように感じられる。しかし数秒後、元に戻った。何事もなかったかのように。

今日、悪臭の幻臭もあった。店の中でそんな臭いがするはずはないので、多分、幻臭なのだろう。嗅覚の低下は、自分ではよくわからない。でも料理をしながら「ああ、いい匂い」と思うことが、最近、ない。コーヒーの匂いもしない。辛い。臭覚の低下は、認知症の前触れという記事を読んだ。

多くの情報を俯瞰して、要点を整理するということも秋から難しくなっている。

このスピードで進行して行けば……。

まるで薄いガラスでできているみたいだ。

あまりにももろい。あまりにも頼りない。いつ壊れるかわからない。

## 12月22日　怯え

がんになると体のどこが痛んでも「再発か⁉」と怯えるという。認知症は、あらゆるミス、ど忘れ、一匹の虫の幻視でも「進行か⁉」と怯える。

家族を苦しめること、人格が崩壊したような言動をすることは、死ぬよりも辛い。自分は何人いてもいいのだと思う。いつも怯え、ビクビクしてる自分がいてもいい。深刻にならず、普通にしている自分だっている。私だけにできる「仕事」を与えられたのだと感じている自分もいる。どれが本当でも、どれが嘘でもない。

## 2014年1月3日　ミゼラブルな元日

年末、曜日を間違えて土曜なのに夫を起こした。ゴミの日が初めてわからなくなった。

夫との温泉旅行の後の好調は8日間で終わり、クリスマスからは、とても調子が悪い。スロージョギングをしていても体が重く、疲労感しか感じられなかった。元日は、午前も午後も意識障害で眠ってばかりいた。朝から顔も変だった。左の目が小さくなっている。生気がなく、それでいて顔がこわばっている感じ。

朝の雑煮は、初めて『どう切るんだっけ？　味付けは？』と思った。来年、私は、雑煮を作れるんだろうか。ミゼラブルな元日だった。

昨日、今日とのんびりし、疲れたら眠り、少しずつ回復している。

## 1月6日　事故車の錯視

不調が嘘のように回復し、今日は、一日中一度も意識障害がない。朝から晩まで色々なことを次々とやれた。暮れにまったくやる気がなかった大掃除もやった。

元日には、私はもう終わりだと思っていたのに、今日は、健康な人間のように思える。体調が悪い時は、もう自分に残された時間は短いと思い、色々計画的にやらなければと思う。体調が良くなった途端、そんな気持ちは消えてしまう。1年先も3年先も5年先も今のままでいられる気がする。いられると信じたい気持ちもある。

昨日は、錯視を見た。夫の運転する車の中で。信号で止まっていた車が、グシャグシャに潰れた事故車に見えて息を飲んだ。あんなものが見えると怖い。

（何もない所に見えるのが幻視、物を見間違うのが錯視と、先日N先生から聞いた）。

## 1月9日　臭覚の衰えと幻臭

記憶って何だろう？　昨日は、自分が昼寝をしたかどうか思い出せなかった。ある出来事がいつあったかという時間の距離感覚もかなり失われた。

様々な記憶が、スルスルと知らない間に抜け落ちていっていることは確か。でも何が抜け落ちたのか、自分ではわからない。それで困ることも少ない。それなら記憶など、重要ではないんじゃないか……。そう思えるし、そう思わなければ、生きていけないだろう。

以前思った。まるで家の鍵を泥棒が持っていて、私が外出するたびに何か1つずつ盗んでいくよう。なくなっても気づくことすらない。「そういえば、あれ、どこだっけ？」と探し始めて、ないことに気づく。でもいずれどこかから出てくるだろうと思って、その内忘れてしまう。それなら、その物があろうとなかろうと、どんな違いがあるというのか。

大切な思い出を失ったとしても、大切な人を忘れることはない。それなら別に、何の問題もないではないか。そんな風に思う。

嗅覚の衰えが、はっきりしてきた。特に、みそ汁など汁物を作ることが難しくなった。味がわからない。香りもしない。絶望的な気持ちになる。でも夫にも言えず、カンだけを頼りに毎日必死で作っている。昨日「味が薄いね」と夫に言われた。悲痛な気持ちで「じゃあ、これからは、自分で作ってよ！」と言ったらひどく驚き、怒っていた。できないことを上手くやるように言われると悲しくなる。できないのだから。

嗅覚が衰えるにつれて、幻臭は、ひどくなっている気がする。よく悪臭がする。それが現実の臭いか、幻臭かは、よくわからない。でも『今、ここで、こんな悪臭は、普通しないだろう』と考える。

数回だけだが頭で思ったもののにおいを、その瞬間に嗅いだこともある。アロマセラピーをしなければと思った瞬間に好きなアロマの香りがした。生ゴミを出さなければと思った瞬間に生ゴミの臭いがした。脳の誤作動なのだろうけれど、なんという不思議。

## 1月11日　新年会

古い趣味の仲間の新年会。何だろう、この淋しさは……。

病気を隠したい訳ではない。でもどこでも誰にでも時を選ばず言える訳ではない。誰でも驚くし、私を思ってくれる人はショックを受ける。症状を一言で説明する事もできない。

誰からも「元気そうね」と言われる。「体に気を付けてね」と言われる。「元気ではない。どんなに気を付けても治らない」とは言えない。

末期がんの人も同じ思いをするのだろうか？ 言えるだろうか？「私は、末期がんです」と。

私の病気を知らない彼らと私は、同じテーブルを囲んで一緒に笑っている。まるで私の病気など、最初から存在しないかのように。その不思議。自分の存在が、幻のように感じられる。

そう。私の存在の大部分が、今、この病気に占められている。私の存在＝私の病気になっている。だから私の病気を知らない人の前で、私は、私の存在を確かに感じられなくなる。私の存在は、やがてこの病気から独立していくのだろうか。慣れて、諦めて、受け入れていくのか。いつか……。

## 1月20日　矛盾

障害者手帳を受け取る。精神障害者。ひどい呼び名。なぜ脳の病気を精神の病気と呼ぶのだろう。誤解しか生まないだろうに。

私は、障害者という言葉には抵抗を感じない。違和感を感じるのは、認知症という言葉だ。医学的定義では「認知機能の低下によって日常生活や社会生活に支障をきたすようになった状態」。認知機能の低下はあっても、私は自分で工夫して、人の助けなしに生活している。診断名は、レビー小体型認知症で、抗認知症薬を使っていても。矛盾している。

気持ちが、晴れない。匂いや味がよくわからなくなったことで、将来に黒い雲が立ちこめたように思える。来年、私は、料理ができるのか。5年後も歩いているのか。10年経っても私は、私でいられるのか？

そう考え始めると、叫びたくなる。誰かに言いたい。でも誰にも言えない。誰がこんな話を受け止められるだろう？

普通の顔をして、普通に毎日を暮らしている。でも体の奥に、いつも叫んでいる自分がいる。ほんの些細な言葉に涙を流す自分がいる。

毎日ひどく疲れる。70代、80代の人もこんな風に疲れるんだろうか？

なんとかしなくちゃと思っている。なんとか自分の気持ちを立て直さなくてはいけない。なんとか進行を遅らせなければいけない。できることは、何でもしなくてはいけない。

「闘い続けなければ、負けてしまう。負けたら家族に迷惑をかける」と同病のOさんは言っていた。まったくその通りだ。

恐ろしいのは、歩けなくなることでも、死ぬことでもない。家族を、この自分が、苦しめるようになること。そんなことになるくらいなら死ぬ方がよほど楽だと今でも思う。

## 1月23日　グラスの水

最近、子どもと話す度に「もう何回も言ったよ」と言われる。子どもの前では、健康そうに普通にしていようと努めている。でももうそれも限界に来ている気がする。子どもには、体調の悪さも何も、みんなバレている。

料理の品数が減っている。それではいけないと思いながら、レシピが思い浮かばず、作る気力がわかず、味もよくわからないときがあり、作っている内に疲れてしまう。

人とつながりたいと思いながら、そうできないでいる。何かのサークルに入ろうかとずっと考えているが、無理だと思ってしまう。体調が不安定で、コンスタントに通える自信がない。いつ、どんなミスをするかわからない。どう自己紹介すればいいのかわからない。うそはつきたくない。

小心なのだと思う。傷つくのが、怖くてたまらない。何気ない一言、一べつ、態度に。

グラスの水は、もう一杯。小さなコインを1枚入れたら、溢れてしまう。

## 1月25日　過剰反応

私の病気も症状も知っているふたりの友人と会う。話が弾み、楽しかった。帰りが不安だったが、意識障害も起こらず、無事に自宅まで帰り着いた。

食後、10～20分位、軽い意識障害は出た。頭に霧がかかったようになり、だるく、横になりたいと思った。まずい、と思ったが、しばらくするとスーッと元に戻った。私の病気をよく知っている人とは、何の心配も気兼ねもなく楽しく話せる。ストレスがない。

この違いは何だろう？　私の病気を知らない人に「元気そう」と言われて傷付き、「お大事に」と言われて悲しくなるのは、明らかに過剰反応だろう。

私を知るすべての人が、私の病気を知ったら、私は、この過剰な自意識から自由になれるんだろうか？　ビクビク、オドオドすることなく、自然体でいられるんだろうか？

そうかもしれない。そうでないかもしれない。私には、病気を公表した後に起こることが想像できない。

### 1月30日　不安

今朝から甲状腺の薬が少し増えた。これで体調が改善すれば……と期待する。以前、セカンドオピニオンを求めた専門病院で「この程度の数値なら無症状の人もいる。それ程の症状が出るのは、かなり敏感な体質だ」と言われた。普通の人には影響のない微量の変化に振り回され続けていると感じる。

ずっと毎日ひどくだるくて気が滅入ってる。薬より効くと思ってるスロージョギングができないのも辛い。無理してやって3分でダウンするのも辛い。毎日運動しないとどんどん進行して行くようで不安と恐怖が募る。

「なんで私ばっかりこんな思いをしなきゃいけないんだー‼」とわめきたくなる。

誰かれ構わず噛み付きたくなる。でもそんなことできないから、黙って何事もないかのようにしてる。人に当たれる性格なら、病気にならずに済んだんだろうか。

## 2014年2月2日　進行の恐怖

日中昼寝をしない日が続いている。夜も以前と比べれば眠れる。でも体も心も重い。心に堅く蓋をしている。蓋を少しでも開けてしまったら、もう制御不能になるだろう。泣きわめき、叫び、暴れ、狂いそうだ。

すぐに涙が出る。体中がすべて水でできているように。

何でもない一言に、何でもないことに涙が流れる。これも脳の機能の衰え？　嗅覚を失った。幻臭は、ひどい。感覚器官は、全部だめということか。目、耳、鼻、舌、みんな、狂ってる。

記憶もおかしい。病院で、ヒルロイドが何のことかわからなかった。自分が使っている薬の名前を忘れるなんて、今まで一度もなかった。

忘れるというより回線が一時的につながらない感じ。後になれば思い出す。「Aが、みこんでBに結婚を申し込んだ」と聞いて、「未婚で」と頭の中で変換される。そういう変換ミスがよくある。そして意味がわからず、きょとんとしてしまう。

都内の電車の乗り換えも危うくなった。電車の方向がわからない。多すぎる看板がわからない（矢印がどこをさしているのか理解できない）。多すぎる人と情報に頭が混乱する。緊張する。とても疲れてしまう。

「私は大丈夫だ。進行しない」と信じることで心の平静を取り戻せた。今、進行している事実を前に、私は、いったいどうすれば再び心の平静を取り返せるのかわからない。

際限なく膨れ上がる不安や恐怖をどうやって治めればいいのかわからない。

## 2月21日　書き遺したいこと

書いておかなければと思う。みんな消えてしまう前に（それが、いつかはわからないけれど）。何もかも書いておきたいと強く思う。

なぜだろう？　私の存在と一緒に消えてしまっても良いはずなのに。残したい。私の考えたこと、感じたこと。

私という人間（正常な思考力を持っていた私）が、存在していたこと。

でも、ＰＣに向かって文章を書くと、すぐに疲れてしまう。書くことのできる時間が、どんどん短くなっている。

2014年春

# 小さくなる怪物

慰められるより　慰めることを
理解されるより　理解することを
愛されるより　愛することを
求めることができますように
——アッシジのフランシスコの平和の祈り

## 2014年3月5日　哀れみの目

雨。一日中だるくて動けない。1時間位昼寝をした。目が覚めた時、時間も状況も一瞬わからなかった。朝か、昼か、夜か。久しぶり。一瞬慌てた。

昨日は、大切な日だったのに。私は疲れ切って（意識障害だろう）、笑うことも話すこともできなかった。

黙って食事をして、横になって、そのまま夜中まで眠っていた。途中、一度苦しくて目を覚ました。時々ある。呼吸が止まっているんだろうか？　胸が苦しくて飛び起きる。

私の症状を知った友人達は、私をひどく心配する。私の症状を知らない友人達は、私にそんな症状があるだなんて夢にも思わない。

私の症状を知って欲しい。でも心配はしないで欲しい。楽しい話をして欲しい。体調を聞かないで欲しい。大丈夫かと言わないで欲しい。哀れみの目で見ないで欲しい。ありえない。私は、ありえないことを望んでいる。

だったら誰にも言わない方がいいのか。体調が悪い時は、いつだってうつっぽくなる。前向きに生きるなんて無理だと思ってしまう。

そう。晴れれば、また普通に戻る。体も心も。そしてパワーがみなぎって、スーパーポジティブ人間に戻るのだ。今日は、まったく動けなくても。

## 3月10日　人生の重荷

最近、立て続けに出会ったメッセージ。

映画『リンカーン』[54]でリンカーンが傷心の妻に言う。

「自分が背負った重荷は、自分で軽くする以外はない。さもなければ潰れるまで」

「生き死には、きちんと向き合って、自分が引き受けるしかない事柄ですから、誰かに聞いてもらったら楽になるというレベルではないと思うのです」

中村仁一著『大往生したけりゃ医療とかかわるな』[55]。

54　2012年公開、スティーヴン・スピルバーグ監督の映画。リンカーン大統領を描く。

朝ドラ『ごちそうさん』[56]。義姉が、子どもを亡くした主人公に「1年泣き暮らせば済むものではない。立ち直るまでには、10年、20年、人によれば一生かかる。覚悟しなさい」。

心のどこかで、いつも助けを求めている。何か掴むものはないかと手を伸ばしている。

でも結局、自分で背負っていくしかないのだとわかる。

誰もが自分の人生を生きることで精一杯だ。

私は、夫を支えることができないし、仕事に追われる夫にも私を支える余裕はない。それは仕方がないこと。まして友人にそれを求めても仕方がない。友人は、時々、サポートをくれる。それで十分だし、それを感謝したい。

覚悟することなのだと思う。自分の人生の重荷を自分で背負っていくのだと覚悟すれば、やっていける。逃げ腰だから、だめになる。肚《はら》をすえて、正面から取り組めば、そうそう悪いことにはならない。

自分の人生を自分が生きていくという覚悟さえあれば、それが、どんなに苦難に満ちたものであれ、傍からはみじめにしか見えないものであれ、満足して死んでいけるだろう。人生の主人公として、主体的に生きたのだから。

## 3月14日　「将来が怖くない？」

雨。一日中頭痛。人の紹介で、民放テレビのディレクターと電話で話す。私が、本人なのだと言うと飛び上がって（見えないが）驚いていた。

「意識があるんですか⁉」。返答に困った。思考力は落ちていないと伝えた。

「将来が怖くないですか？」こう訊いてきたのは、ふたり目だ。

「現代医学では進行を止められないがん」と告知された人に、同じ質問をするだろうか？

---

5655　2012年、幻冬舎刊。
2013年度下半期のNHK朝の連続テレビ小説。杏主演。

認知症になって考える力が弱まれば、将来を予測することもできず、怖くないという発想だろうか？　「思考力の低下はない」と最初に伝えた。

「ご主人は、ご病気のことをどう話されていますか？」。私達は、病気の話をしない。昨日、介護の話になった。夫は、喜んで介護をすると言う。でも私は、料理のできない夫に食べさせてもらい、オムツを替えてもらう自分が、まったくイメージできない。

私は、夫にも子どもにも私の介護をして欲しいと思わない。自立した生活ができなくなったら、頭がしっかりしていても施設に入りたい。

## 3月17日　テレビの撮影

今日、午前中、民放テレビの撮影が終了。

ディレクターは、私が、レビー小体型認知症だということが、どうしても信じられない様子だった。レビーの症状が、一般の人のイメージする「認知症」とは全く違うということを繰り返し説明したが、納得できないようだった。

クリスティーン・ブライデンさんも、誤診だとか「本当は認知症じゃないんだろう」と散々叩かれ続けてきたようで、「じゃあ、どういう見かけならいいのか？」と書いていた。

私は、どれだけできるかではなく、どれだけできないかを示すことを求められるのだと、初めてわかる。パラリンピックで活躍する選手達と真逆だ。

彼らは、障害を説明することを求められない（実際には、目に見える以上の障害があっても）。努力し、達成したことを賛美される。感動される。

普通の人にしか見えない私は、どれだけ異常かということを延々と説明しなくてはいけない。どれだけ「できないか」を。しゃべってもしゃべっても簡単には病気の症状は理解されず、私が毎日直面している困難も苦しさも伝わらない。

私の症状が、障害が、生活上の不自由や不便が、全部見えるものならいいのか。見えれば見えたで偏見の目で見られるのか？　私が考える以上に、ものごとは、ややこしい。

「認知症には、全然見えないですよね？」とディレクターは言う。スタッフ全員が、深くうなずく。私は、強い違和感を覚えた。見えようと見えまいと、その病気であることに変わりはない。いつか進行すれば、そう見えるようになる日が必ず来るだろう。しかし、「あなたは認知症に見えないから映像は使えないかも知れません」と言う。

「精神病よりは認知症と診断された方がいい」という話も出た。

統合失調症なら今は薬でコントロールできる。進行していく一方と医師に言われる認知症よりも希望があるではないか。

どちらも脳の病気で、精神の病気ではない。脳の病気は、心臓や腎臓と同じ、ひとつの臓器の病気でしかない。なぜ脳の病気だけがここまで誤解され、偏見の目で見られなければいけないのか？

## 3月27日　芸術の力

ものすごくだるかったが、上野の美術館へ行った。一分咲きにもなっていないのに、既にお花見の人で一杯だった。不思議なことに1本の木の1枝だけがほぼ満開になっていて人だかりだった。そこにだけ、のどかな春の光が集まっているよう。

苦しかった冬も過ぎて行くんだなと思うとしみじみとうれしい。匂いが分からなくなってから、精神的にキツかった。

「世紀の日本画」展は、とても良かった。体が本調子でないので、感動する気力も落ちていたけれど、[57]小茂田《おもだ》青樹《せいじゅ》の絵に慰められ、[58]「比叡山」に励まされた。いや、どの絵からも、画家の気がまっすぐに伝わってきて、「頑張れ！　頑張れ！」と言う声が聞こえる気がした。こんなことは、初めてかもしれない。

私もこんな風に人を励ますことができたら……。

私にできることは、何だろう？　私に与えられた仕事は、何だろう？

何かを遺したい。意義のあることをしたい。有名になる気もないし、お金は、食べていける分だけでいい。ただ何か、人の役に立てたと思って、死にたい。

57　（1891年〜1933年）大正から昭和初期にかけて活躍した日本画家。

58　日本画家、速水御舟《はやみぎょしゅう》（1894年〜1935年）の作品。

## 3月29日　高次脳機能障害

夕べ、Eテレの『バリバラ』という番組で[59]高次脳機能障害の悩みをやっていた。忘れっぽい、疲れやすい、段取りができない、集中力が続かない、ドタキャンが多い……。見ていて、自分と凄く似てるなと思う。どこも悪いようには見えない人にそういう症状がある。本人は、「ミスだらけの人生や～」と言って笑っていた。

救われた気がした。『ミスしちゃダメだ！』と常に思ってるから、余計疲れるんだ。「ミスするよ～」と言って、笑っているっていう手もありなんだ。

でもそのためには、病気を公表しないといけない。誤解や差別や偏見のある病気を公表するのは、本当に難しい。私は良くても、家族や親戚への影響、気持ちも考えなければいけない。でも、それを考えていたら、永遠に公表などできないだろう。

## 2014年4月3日　フェイスブック

病気の公表の件、揺れている。答えが見つからないまま、迷い続けている。

できることが限られてきている。ＰＣに向かうとすぐに疲れて、以前のように何時間も集中することはできない。外出も増々難しくなっている。

フェイスブックを見なくなった。画面で字を読むと疲れる。幸せそうな友人知人達が、自分と同じ世界を生きているように感じられないというひがみ根性もある。人と繋がりたいのに、どんどん人から離れていく。それではいけないと思うのに、うまくいかない。

小さな言葉のひとつひとつに傷ついていく。もちろん悪意ではない、思いやりの言葉なのに、一々チクチクと胸に刺さるのは、私が、ねじ曲がっているからだろう。

家族が、慰めになっている。病気のことについて話し合うことはないけれど。

先日朝、夫が、玄関でふざけて踊って見せた。大笑いしながら見送った。子どもが、それを保護者のような目で見ていた。「朝からそんなに笑えるっていいね」と微笑んだ。

59　高次脳機能障害　怪我や病気により、脳に損傷を負うことで日常生活に支障を来すような状態。代表的な症状として記憶障害、注意障害、遂行機能障害、社会的行動障害などが出るとされる。

## 4月9日　公表への不安

毎年春先、体調が安定しない。なんだかいいぞと思っていると、急に転がり落ちる。這い上がろうとあらゆる努力をするけれど、どれだけ頑張っても変わらない。他の人に効く薬が、私には効かない。コントロールできないことに疲れてしまう。髪をわし摑みにされて、振り回されているような感じ。良しとしなければ。6割で上出来と思わなければ。

ずっと考えているのは、病気の公表。実名で顔を出して発言しなければ効果はないと分かっていて、迷っている。そのことで傷つく身内が出てはいけないと思う。私自身、怖れている。世間に公表して、いったいどんな言葉を投げつけられるのかと不安になっている。

どうすればいいのかわからない。

## 4月11日　愛された記憶

色々な薬を試した末、抗認知症薬と真武湯だけにした。脳血流の不安定さは毎日感じるけれど、ひどく具合が悪くなることはない。以前、何度かあった頭が混乱して不安になる感じは、長らくない。でも、薬を減らして丸腰になったような気分。

結局、怖いんだなと思う。何か薬が、つまり安心が欲しいんだ。進行を遅らせる薬、毎日の体調を少しでも安定させる薬、私はまだまだ大丈夫だと思える薬が。

榮太樓飴の黄土色の丸い缶を店で見かけた。思わず見つめてしまう。いつも1粒つまんで私の手のひらにのせてくれた曾祖母を思い出す。涙が出てくる。

曾祖母が亡くなったのは、もう30年以上前なのに、会いたくて身が切れてしまいそうになる。愛された記憶は、ここまで強いものなのか。無条件に丸ごと愛してくれた人の記憶。

歳をとるということは、自分を丸ごと愛してくれる人を失うということなのかも知れない。それでも凜と生きていくことを、人は、学ばなければいけないのだろう。凜と……か。無理だね。私の心は、ずいぶん弱っている。

今年の春は、花が、今までと違って見える。小さな野の花のひとつひとつが、かけがえのない懐しい友人に思える。桜は、この世のものに見えない。

## 4月25日　昼寝中の発作

今日、昼寝をしている間に脳で何かが起こることを確信した。血流か自律神経かわからないが、発作的にひどく具合が悪くなる。悪夢を見ることもある。全身が苦しくなって、目を覚ますが朦朧《もうろう》とし、とても苦しい。まったく起き上がれず、そのままた眠る。

その後、目が覚めて起き上がっても長い間、頭に違和感があり、気分が悪い。鏡で顔を見ると意識障害の時の目（完全に開かず、小さく異様）。随分以前からあった。昼寝の時によく起こる。窒息したようになって飛び起きることもある。

## 2014年5月8日　友人との旅行

親しい友人達と一泊温泉旅行に行った。

2日間無事で通せるとは思えなかった。でも私の病気を理解してくれている友人達だから対応できると思った。「私はここで休んでいるから行って来て」と。不安はいくらでもあったが、今、旅行できないなら、もう今後旅行できることはないだろうと思った。

旅行中の2日間、私は、何年もなかったほど調子が良かった。信じられないほど。何年分も大笑いした。楽しく話し、笑うことは、ここまで効果があるのか（何度も入った足湯も良いのだろうと思って、帰宅後も続けている）。

夜は頭痛がし、ホテルでは、ほとんど眠れなかった。なのに翌日も元気だった。今までならありえないことだ。

無事に旅行に行ってこられたこと、心の底から楽しめたこと、思い返すと涙が出てくる。『もう私は終わりだ』とこの数年、何度も思ってきたのに。

私は自信を回復した。私は、まだまだ大丈夫だ。旅行にだって行ける。私は、まだ人生を楽しむことができる。私の可能性は、行動範囲は、狭まる一方なんかじゃないんだ！

## 5月14日　小さくなる怪物

精神的にはとても元気。よく笑い、はつらつとしている。

幻視も幻聴も幻臭もずっとない。料理にとても困ることも、外で呆然とすることも。

ただ意識障害は、毎日のようにあり、去年より今年の方が疲れやすくなっていると思う。頭痛も多いかもしれない。複数の情報を同時に与えられると、頭が、混乱する。

これは、去年から。一度にひとつなら問題ない。

今、ごく親しい友人以外にも病気のことを伝え始めている。隠している限り、病気は巨大な怪物だが、一人に話すたびに小さくなり、みんなが知れば、それは、ネズミみたいなものになるような気がする。

ショックを受ける人、「気の持ちようだ」と言う人、色々。でももうどんな反応があっても驚きも傷つきもしないだろう。症状を大っぴらに笑って話せるようになれば最強だ。

私はまだ友人に幻視の話をしたことがない。友人も訊かない。訊いてはいけないと思っているんだろう。

最近、自分で意識障害を治す耳のツボを見つけた。大発見だと思って興奮した。ネットで調べたら、すでにひとりの鍼灸師がそのツボを提唱していた。アルツハイマー病にも効果があったとあり、症例を読むと、症状はレビーのようだった。

2014年夏

# 理不尽な医療

花は、その花弁のすべてを失って果実を見出す。

——ラビンドラナート・タゴール

## 2014年6月20日　不調

ひどい不調が4日ほど続いた。激しい頭痛で一日中寝ていた日も。何が頭の中で起こっているのか、出血か、と思うと怖くなった。毒を飲んだようにぐったりし、動けない毎日。夕方4時ごろになると少し回復するので、やっと起き出して買い物に出掛ける。今日、赤信号に気づかずに横断歩道を歩いていた。長い間なかったのに。

首の後ろにずっと違和感がある。ひどい時は、ひきつるように痛い。首の後ろに冷えも感じる。血圧が下がった。体重も減った。

頭も回転しないこの状態が、このまま固定されてしまうような気がして、不安だった。

## 2014年7月5日　『もののけ姫』

十何年振りに『もののけ姫』[60]を見る。以前とは、まったく違う目で見ている自分に驚く。映画館で見た時、呪い（今なら難病）を受けたアシタカの気持ちなど、ほとんど考えなかった。アシタカの苦しみも孤独も哀しみも、想像しなかった。

この映画は、ひたすら生死を描いていたのだと初めて知った。登場人物（脇役も）が語ることのすべてが、生死につながっている。以前、気にも留めなかった場面で、涙が流れた。

## 7月11日　レビーの脳内（友人Nへのメール）

私は、主治医から「体調の変化にもの凄く敏感な人」と言われています。症状だけでなく薬やツボ刺激などの効果も細やかに感じます。ただ症状は、単純でなく、「具合が悪くなる」と言っても多種多様です。急激な疲労感や眠気に襲われる場合、頭はわりと大丈夫でも体がぐったりして動かなくなる場合、頭にひどい違和感があって動けなくなることもあります。頭の違和感も色々で、脳貧血のような感じから、脳がむくんでいるような感じから、首の後ろから後頭部が引きつるような感じから、

60　1997年、宮崎駿監督の長編アニメ映画。スタジオジブリ制作。

本当に様々。頭痛にも何種類もあります。

脳内でいったい何が起こっているんだろうと考えます。レビーの脳で変動しやすいという様々な脳内伝達物質の量とバランス次第で多種多様な症状を呈するのだろうかと。たとえば、アセチルコリンが30%、ドーパミン[61]が10%減った時は、こんな症状、とか。

『文藝春秋』[62]の藤田和子さん（若年性アルツハイマー病）の体験談にも、「ひどく疲れた感じがするときは、計算し過ぎて頭がしびれたような感覚。脳の中で何かが起こっている気がする」と書いてありました。

確かに「脳の中で、経験したことのない何かが起こっている」と感じるんです。でもその感覚を言語化することは、とても難しい。あまりに多様な状態を分類することも難しい。色々調べましたが、そんな研究もないようです。生きた患者の脳内伝達物質を瞬時瞬時に計測することなど不可能でしょうから。

『あ、今、脳がダメだ』と思う時は、鏡を見ると目つきがおかしくなっているので、客観的にもわかります。これが「軽いせん妄」か「認知の変動」か「意識障害」かは、誰に訊いてもよくわかりません。主治医からは「意識障害の一種だろうが……」

と言われました。

　人と会って話をしている時、この意識障害はほとんど起きません。この前、帰省した時、身内から「顔がみるみる変わるのが、わかる」と初めて言われました。変わってどうなるのかと訊いたら「聞こえてるのか、理解してるのかわからないような惚《ほう》けた顔をしている」と言われました。身内に対しては気がゆるんでいるから起こるのでしょうか。

　最近、池谷裕二著『単純な脳、複雑な「私」』[63]の中に、「MT野ニューロン[64]が活動

61　神経伝達物質のひとつ。運動調節、ホルモン調節、意欲、快感などに関わる。レビー小体型認知症やパーキンソン病の人の脳では減少するため、パーキンソン症状が現れる。
62　2014年8月号に掲載。「「若年性アルツハイマー病」になった50代元看護師の告白——認知症は「人の終わり」ではない」。聞き手・奥野修司。藤田和子さんは一般社団法人「日本認知症本人ワーキンググループ」代表理事。著書に『認知症になってもだいじょうぶ!』2017年、徳間書店刊。
63　著者は東京大学薬学部教授。2009年、朝日出版社刊。
64　脳の視覚野（視覚を司る部分）のひとつであるMT野（Middle Temporal Area）で作用する神経細胞（ニューロン）。MT野は、運動を知覚すると考えられている。

すれば、脳は、動いていない物も動いていると判断する」とありました。私の視野の中のものが、何でもよく動くのは（特に白っぽい物の上にある黒く小さなもの）、MT野ニューロンのスイッチに異常があるからだと思いました。脳科学者に質問してみたいことがたくさんあります。

## 7月14日　医師の言葉

漢方クリニックに行った。私の冷え性、無汗、意識障害を改善した真武湯は、もう合わなくなった。漢方薬は体質を変えるので、突然効かなくなることは珍しくないそう。

M先生は、「全部やり直しだな」と言って脈診をした。「一番困ってる症状は何だい？」と訊かれ、倦怠感と答えた。意識障害に襲われるという感じはなくなっている。M先生の選んだ薬を試し飲みするとすこし体が軽くなった。「顔色が良くなったな。さっきは、青かった。脈も弱い」。顔色の自覚はなかった。ほっとする。

これだけ訳のわからない自律神経の不調があっても、漢方では、まだ打つ手があるらしい。対処療法であったとしても、苦痛が少しでも取れるなら万々歳だ。この先、困ることがあっても、まだ手はあると思えることがうれしい。安心する。

この前、映画『妻の病』[65]を見たとき、夫の小児科医が、自分の患者に「大丈夫だから！　もう君は、大丈夫だから！」と言っている場面で泣けてきた。

そうだ。「大丈夫」と言って欲しかったんだ。大丈夫じゃないと思っているから。もう終わりだと思っているから。医師に、嘘でもいいから「大丈夫だ」と言って欲しかった。「運動が効く」でも、「中々進行しない人もいる」でも何でもいい。ひとかけらの希望が欲しかった。「進行を遅らせるために、（あなたに）できることはない」なんて。目の前で命綱を切るようなことをして欲しくなかった。

去年の夏、M先生は言った。「進行して、ボケて困るのは、あんただ。あんたが進行しないように、祈っているよ」。帰り道で涙が出てきた。

65　伊勢真一監督によるドキュメンタリー映画『妻の病――レビー小体型認知症』。2014年公開。レビー小体型認知症を知ることのできる映画に『話す犬を、放す』（熊谷まどか監督・2017年公開）もある。

たとえ、口先だけだって構わない。そう言ってもらえて、うれしかった。暗い海でひとりで漂流している時、小さな浮き輪を手渡してもらった気がする。実用性の有無に関係なく、それは、消えかけた命を延命する力を十分に持っている。

## 7月17日　理不尽な医療

やっと義弟義妹に病気のことを手紙で伝えた。どう受け止められたかは、わからない。ほっとしている。もう嘘をつかなくていい。楽になったと感じている。『静かなアリス』[66]を読んだ。止まらず一息に読んだ。その苦しみを、まるで自分のことのようだと思う。でも私は、アリスのようには進行しない。

薬の副作用にさえ気を付けていれば、レビーの進行は遅いと聞いた。

大学病院で抗認知症薬を増量され、悪化したら、更に増量されたという話を介護家族から聞いた。別のクリニックに行き、薬の量と種類を減らしたら、すっかり元気になったという。リスパダール（抗精神病薬）で急に歩けなくなったとか、レビーの治療には、理不尽な話が尽きない。そんな医療が改善される気配もない。これがもし子どもに起こっていたら、大きな社会問題となり、決して放置などされないだろうに。

## 7月22日　インタビューの作用

猛暑。慶應大学の認知症研究への協力でインタビューを3時間弱受ける。人に話すことは、心理療法的な作用がある。殊に面識のない人には、何を話しても問題がないので、神経を使うことなくすべて話せる。取材など以外には、ない状況だ。私のことを心配する人には、話せない内容の方が多い。

インタビューの後、Tさんと話した。写真にボカシを入れるだけで偏見を助長する可能性が出るという話が突き刺さる。その通りだと思う。

66　リサ・ジェノヴァ著。2009年、講談社刊。2015年、全面改訳され『アリスのままで』としてキノブックスより刊行、ジュリアン・ムーア主演の同名映画もこの年日本公開。

## 7月28日　認知機能の改善

ひどく蒸し暑い1週間（連日35度）で、頭痛やら疲労感に悩まされた。でもインタビューを受けた時、頭をフル回転させたせいか、頭の働きは、とても良く感じる。認知機能の低下を感じない。ずっとこのままのような気がするのは、自然な心理か。進行する気がしない。今のまま、ずっと行ける気がする。体調がひどく不安定なだけで、ひどく疲れやすいだけで、認知症の状態にはならない気がする。

インタビューで訊かれた。「段々できないことが増えていくのはどんな気持ちですか？」。「段々ではない。右肩下がりでもない。その時、何ができて、何ができないかは、やってみなければわからない。今、できなくても、しばらくすればできる」と答えた。

あちこち夫と買い物に行って疲れ、軽い意識障害を起こす。自分で鍼灸のツボや耳のツボを押して回復した。

## 2014年8月12日　嗅覚障害の実験

嗅覚と認知症について調べていて、ピーナッツバター[67]と定規でアルツハイマー病の早期発見をするという研究があることを初めて知った。既にこの春に『ためしてガッテン』などで紹介していた様子。嗅覚低下には左右差があり、左の方が、低下が強いという。

ピーナッツバターを使ってやってみた。右18㎝。左10㎝。三叉神経を刺激しないかピーナッツバターが良いのだと書いてある。刺激臭がなければいいのかと思って、味噌でもやってみる。左右差がほとんど出ない。

疑問は色々ある。レビー小体型の嗅覚低下と同じメカニズムなのか？　それとも私は、アルツハイマー病を併発しているのか？　短期記憶障害を特に感じないが、近い将来、一気に起こるのか？　私に残された時間はわずかなのか？　でも、たとえ記憶

67　ピーナッツバターの匂いを感知する距離で嗅覚を調べる検査。嗅覚障害は、レビー小体型認知症の方が早期から起こりやすい。

障害が起こったとしても、それを補う対策を取れば、自立した生活は続けられるのではないか。記憶障害があっても、思考力や人格が変わらなければ、私は、私のままだ。

浦上克哉教授[68]は、アロマセラピーで嗅覚を刺激することが、認知症の予防になると書いている。刺激することで嗅覚は回復するとも。

私は嗅覚にも波がある。ふいに、においを感じて驚く時もある。嗅覚の神経もオンになったりオフになったりするのだろうか？　わからないことばかり。

## 8月14日　消えた「新橋」

夫と話をしていて「新橋」という地名が出てきた。聞き覚えがある。よく知っているような気がするのに何も浮かばない。

「新橋って、どこだっけ？」「有楽町の隣」「新橋って何がある所だっけ？」

この時、いくら話しても何も思い浮かばなかった。すぐグーグルマップで調べると汐留や虎の門の近くだ。それなら何度も行っているはず。でも、何も思い浮かばなかった。

翌日、新橋がわかる。駅前の風景も高架下の店も。よくここで人と会った。思い出のたくさんある懐かしい場所だ。

これが記憶障害なのか？　新橋というのが地名だとはわかる。とても聞き覚えのある名前だということもわかる。でもどこなのか、どんな場所なのか、そこで何があったのか、まったく何も思い出さない。新橋につながるべき大量の情報への回線が、全てオフになっている。一部ではない。まだらではない。霧の中でもない。クリアーにオフになっている。それは、ヒントをもらっても地図を見てもオンにならなかった。

こんなことは、初めてだ。「伊藤」という字を見て、しばらく読めなかったことがあるが、それとも違う（『いふじ？　珍しい名前だ』と思った）。

これは、アルツハイマー型の記憶障害なのだろうか？

物忘れは目立たないと思っているだけで、実は忘れたことすら忘れている？　いや、違う。私は、物忘れに困っていない。注意力は調子の悪い時、低下することを自覚し

68　鳥取大学医学部教授。アロマオイルによる嗅覚刺激が認知症を予防したり、症状を改善すると発表した。

ている。

良いことをひとつ書こう。脳梗塞から高次脳機能障害になった関啓子さん[69]の番組を見た。片手が使えないので家事はできないが、研究は続けているという。勇気づけられる。

脳の機能の一部を失ったからといって、知性を失う訳ではない。記憶を失ったとしても思考力を失う訳ではない。

## 8月23日　書けない障害

今、自分の経験をまとめようと（書こうと）考えているが、そこで障害を意識する。以前なら、頭の中に次々とアイデアや書きたい項目が湧き上がり、整理され、構成ができ上がった。特に意識しなくても、頭の中には、常にそのテーマについて作動している部分があって、ひょんな時にポンとまとまった形で出力された。私は、それを文字に置き換えればよかった。

今、それが、機能しなくなったと感じている。アイデアは次々と浮かぶが、頭の中に留まることがない。頭の中にずらりと並べて眺められないので、構成も浮かばない。整理もされない。いつまでたっても何もまとまらない。何も出力されない。

これは、何の障害というのだろう？

## 8月25日　人生の肯定

ＮＨＫの『ダーウィンが来た！』で鳥がおかしな格好で求愛ダンスを踊っていた。子ども達と小さい時に読んだ『ランパンパン』[70]の主人公の鳥を思い出した。幸せな気持ちが、胸一杯に広がる。毎晩、子ども達と一緒にワクワクドキドキしながら絵本を読んだ。一緒に喜び、一緒に悲しみ、一緒に笑ったあの時間。なんて幸せ

69　言語聴覚士、医学博士。脳梗塞を発症し、30年間臨床研究をしてきた高次脳機能障害を自ら体験した。著書『「話せない」と言えるまで――言語聴覚士を襲った高次脳機能障害』２０１３年、医学書院刊他。

70　インド民話を描いた絵本。さらわれた妻を取り返すために戦う鳥の話。マギー・ダフ再話、ホエ・アルエゴ絵、山口文生訳、１９８９年、評論社刊。

な、なんて満ち足りた、なんて豊かな時間だったんだろう。

過去になんて興味はなかったのに、思い出に浸る趣味はなかったのに、今、あの豊潤な時間が、私の人生を何ものにも負けない力で肯定する。

私の人生は、素晴らしいものだった、意味のあるものだった、私は幸せな人間だと心の底から思える。

## 8月26日　気の持ち方

低気圧で寝込んでしまう日も多かったが、私は、自分の病気をあまり意識せずに生活するようになっている。進行に怯えることもなく、根拠なく楽観し、リラックスしている。

少なくとも自分を進行性の「難病」の病人とは意識していない。私＝病人ではない。毎日ご機嫌で、楽しく、有意義に生活している。毎日幸せだと思っている。

気持ちが病状に与える影響は大きいと思う。気持ちの持ち方は、免疫力から自律神経から脳内の神経伝達物質から、あらゆるものを支配するのだろう。

余命半年と言われた患者が、希望を失って3カ月で亡くなることもあれば、人生を楽しんで3年生きることも、稀に治ってしまうことだってある。それは脳の病気でも同じだろう。

「薬の効果のあるなしが、自分でわかるんですか⁉」と驚かれたことがある。この病気の症状、薬剤過敏性は、その点、とても都合が良い。薬の効く効かないも、体に良い悪いも敏感なセンサーがすぐ感知する。煙草の煙は少量でも頭が痛くなるし、お酒に入った添加物もわかる（もっとも、アルコールは、この数年で急に飲めなくなった）。

脳出血の患者が、気功で改善したという記事を読んで、YouTubeで良さそうなものを探した。やってみると体に良い変化を感じる。中国語なので呼吸などのコツがよくわからないことが難だが、自分で調べて続けようと思っている。

2014年秋

# 開かれていく心

あなたは万物となつて私に満ちる
私はあなたの愛に値しないと思ふけれど
あなたの愛は一切を無視して私をつつむ
――高村光太郎『亡き人に』

## 2014年9月4日　現在の認知機能

言葉がわからなくなることは、「新橋」以来ない。伊藤、新橋、それだけ。

時間の感覚は、もうほとんどダメな気がする（予定もないので日常生活に不便を感じることは少ない）。○○があったのはいつかというのが、1カ月前なのか2カ月前なのか、感覚的にわからない。服装がこうだったから暑い日、など記憶から類推はできる。

料理は、一時期（嗅覚がなくなった頃？）何を作るかを決める段階から呆然として、かなり苦労していたが、今は、数品を作れるようになった。ただコンロに2つ以上の鍋をかけると1つは意識からよく消えるので、必ずタイマーを使っている。

計算はずっとしていない。できる気もするが、計算自体が苦痛。

探し物も極端に嫌いになった。探し物をすると思うだけで、不安感や軽い動揺を感じる。太平洋のどこかに落ちた指輪を拾って来いと言われたような気持ちになる。

理性、思考力、論理性、自分を観察する能力は変わっていないと思う。

## 9月5日　私の状態

私の状態をどう説明すれば人に理解されるだろうと、ずっと考えている。

私は、心を病んでいない。精神を病んでいない。気が触れてもいない。

確かに、脳の一部の機能はよく誤作動を起こす。幻視があり、幻聴（物音）があり、幻臭（悪臭）があり、幻味があり、体感幻覚もある（最近は減っている）。

私は、完全に病識があり、自分のあらゆる症状を覚えていて、詳細に語ることができる。

私の思考能力は、衰えていない。私の基本的な性格も変わってはいない。

ただ、体調を一定に保つことができない。私の体温も血圧も常に変動し、時折発作のように様々な種類の体調不良が襲ってくる。脳貧血のようになったり、急にひどい疲労感に襲われたり、血圧が下がり過ぎて動けなくなることもある。そういう時には、（健康な人が風邪で発熱した時と同様に）脳の機能が落ちる。

　体調が良くても落ちている機能はある。でも私は、その対応策を考え、それに対処できる。[71]『博士の愛した数式』の博士が、体中にメモを貼り付けていたように。

理性も記憶もあることを、人は「初期だから」と言う。初期なのだろうか。幻視が見え始めてからもう十数年が経っている。発症から十年以上経っていると専門医には言われた。

私の病気は、認知症というよりも一種の慢性病なのだと思うようになっている。一般に考えられているよりもはるかに進行は遅い。体調だけみれば、高齢者のようだとも思う。ひどく疲れやすく、電車でも長時間立っていられない。誰もが経験することを20年、30年前倒しして経験しているだけだとも思う。それは貴重な経験だとも思う。

調子の悪い時が、この先、少しずつより頻繁に、より長くなっていくのだろうと思う。でもそんなに怖くはない。調子が戻れば、私は、私らしく、今まで通り人と会話ができると思う。私は、私であり続ける。

## 9月9日　夢

夢。団体旅行をしている。私は体調が悪く、頭が全然回転しない。団体行動を求められているのに、何をどうすればいいのかわからず、不安で、焦っている。周囲は、私の不調に気づかず「何ぐずぐずしてるんだ」と言う。ますます焦り、混乱し、呆然と立ち尽くしてしまう。皆が、薄笑いを浮かべて私を見ている。何人かが、幼児に命令するように、「はい。これして。次、これして」と私に指示をし始める。あまりにもみじめで、胸がつぶれる。

目覚めて泣いた。夫がなぐさめてくれた。あんな夢を見たのは、昨日、早く事務処理しなければいけないいくつものことがあって、頭が混乱し、単純なこともできなかったからだと思う。同時に複数のことを急ぎで処理するという状況がダメだ。一度にひとつのことなら、多少複雑でもできると思う。

若年性認知症というのは、人より何十年か早く、高齢者の誰もが味わうことを味わうだけのことだと考えていた。自分ひとりじゃない、いずれ全ての人が味わうのだと。

今朝、連続ドラマ『カーネーション』[72]（再放送）で、老いて、階段から落ちて骨折

71　小川洋子著。2003年、新潮社刊。2006年に寺尾聰主演で映画化もされた。事故による高次脳機能障害により80分しか記憶が保てない元数学者が主人公。

した主人公が言う。「今まで当たり前にできていたことが、できなくなっていく情けなさに耐えて、これからどんどんできなくなっていくことの怖さに耐える。たったひとりで」。

若年性認知症そのものだ。

私は、普通の人のすることならできる。誰も私の障害に気が付かない。でも、情報処理能力は低下している。同時に処理すべき情報が複数あると、頭がすっかり混乱し、ひどく不安になる。怖くなる。

誰も私の能力の低下に気付かない。誰も私の不安や恐怖に気付かない。

誰にも気付かれないまま、私は、暗い海に沈んでいく。

## 9月10日　抗認知症治療薬と血圧

急に眠れるようになった（理由不明。そういう変化を繰り返している）。しかし体調の悪い日が多かった。だるさ、疲労感が強い。１カ月位前から久しぶりに血圧を測ってみたら、上が常に80台だった。自律神経を整えるよう色々試したが効果感じず。１週間前から抗認知症薬を微量増やした。血圧が100台に上がり、ひどいだるさも改善した。偶然か何かわからないが、事実だ。

「抗認知症薬は、活を入れる作用がある。もう少し増やしてもいいのかも知れないが、判断は難しい所。増量はゆっくりいこう」と主治医。

## 9月11日　幻覚の価値

『遠野物語』[73]を読んだ。無人の部屋からガサガサ音が聞こえるとか、座敷童とか、人が見えるとか……。自分のことのようだ。

若い頃から、色々な「神秘体験」があったけれど、脳内の活動だったのだろうと今は思う。でも、だから偽物とか、価値がないとは思わない。それによって救われたり、深く感動したり、インスパイアされたりしたのだから。

72　2011年度下半期のNHK朝の連続テレビ小説。主演は尾野真千子／夏木マリ（晩年）。
73　柳田國男著。岩手県遠野に伝わる民話を編纂し、1910年に発表した説話集。

レビーなどの病気とは関係なく、脳神経の敏感さなど様々な理由によっても起こることがあるのではないだろうか。

**9月13日　苦戦**

血圧は戻った。それでも疲労感が抜けない。今まで、灸や漢方薬なども使って次々と乗り越えてきたけれど、今、どれもあまり効かず苦戦している。抗認知症薬を更に増やせば、嘘のように元気になるんだろうか?

自分の中で何が起こっているのかわからない苛立ち。太刀打ちできない情けなさ。未来への不安。今、これだけ調子が悪くて、来年、再来年、5年後、いったいどうやって生活しているのかと思う。

何とかしなくてはいけない。諦めてはいけない。闘わなくては。

**9月15日　アロマオイル**

相変わらず朝から頭に違和感があり、だるく、不調だが、気持ちがクサクサするのでMモールへ行った。とても面白そうな本を見つけて買った。認知症に効くといって、以前は売り切れになっていたアロマオイル（ローズマリーカンファーとレモンのブレンド）も買った。２時間も歩き回って、平気だった。こんなに不調でも歩けるのかと自分で驚く。

帰宅して昼食を取ると途端に急激な疲れ、眠気。しかし買ったばかりのアロマオイルを瓶から1分程嗅いでいたら治った。脳血流を良くする効果があるという。そうか。やっぱり疲労感も脳血流だったのかと思う。だから歩くことが効くのだろう。

午後ずっと繰り返し疲労感、眠気が襲ってくるが、その度にアロマオイルを嗅いだり、ツボを刺激していたら、昼寝もせずに過ごせた。

**9月18日　思慮**

また嫌な夢を見た。私が、常識的ではないが合理的な判断と思って提案したことを皆から呆れられ、軽蔑の目で見られる夢。

日常生活の中で、実際にそんな風にバカにされることは無職になった今はない。なのに、なぜ繰り返しそんな夢を見るのだろう。無意識の中にそういう恐怖が常にあるのか?

自分の判断が正常になされているかどうかは、常に考える。その時には正常なつもりでも、後になって、配慮が足りなかったということが時々ある。その度にショックを受ける。自覚さえあればどうにかなる。注意力が低下しているという自覚があるから、常に細心の注意を払っている。しかし自覚されないままに、思慮の足りないメールを送ってしまったり、何か行動を起こしてしまったら、取り返しがつかない。それを常に怖れている。

人から普通の人間として扱われなくなることが怖い。

## 9月20日　ねじ曲がる心

結局、素直ではないのだと思う。どこまでもねじ曲がり、自分でもどうすればいいのかわからない。

病気を知って欲しい。もうこの体調の悪さをごまかせない。でも、正しく理解されることは望めない。不用意な言葉に傷つくのも嫌だし、ショックを受けられるのも、同情されるのも、興味本位であれこれ訊かれるのも嫌だ。

それでいて連絡がないと寂しいと感じる。じゃあ、どうして欲しいんだ⁉　わからない。たまに「最近、どうしてる?」と連絡して欲しい。「元気?」とは訊かないで欲しい。元気じゃないから。「元気そう」と言わないで欲しい。

でもそう思っている自分を質《たち》が悪いと思っている。だから誰にも言わない。『身体のいいなり』[74]という本に書かれたことが、そのまま私の気持ちと重なる。そうか。がん患者と若年性認知症患者の感じることは、同じなのか。簡単に病気のことを伝えられない。自分の数年後がどうなっているのか分からない。10年後に生きているのかどうか、分からない。だるくて、体調が悪くて、仕事ができない。

74　内澤旬子著。2010年、朝日新聞出版刊。

## 9月22日　治療

あまりにも毎日辛いので、抗認知症薬を微量増量。恐る恐る（もし副作用が出始めたら、すぐにはがせるのがパッチの利点）。調子が良い。疲れない。ＰＣを使っても頭が痛くならない。身体が軽い。苦しくない。ただ、夕食後、意識障害。鏡を見ると、目つきがおかしい（目が小さく、力がない）。

もっと早く増量すれば良かったのか。でも主治医は、増量にとても慎重だ。増量して悪くなった例を沢山見てきたと言われた。私も副作用の怖さは、身に染みている。まだこの先長年頼るであろう薬なので、増量はなるべく先延ばししたいという気持ちがある。デッドエンドは避けたい。

随分長いこと自律神経症状に苦しんできた。6月位からか？　昨日も夫と公園へ行ったが、坂を登ったら、急に苦しくなって、頭がクラクラして立っていられなくなった。

この不調から抜け出すために、ありとあらゆることをやっていた。太極拳も始めた。でもどれも強力な効果は出ず、無力感が広がり、将来を悲観し始める。体調が悪いと、何もできない。楽しいことも、有意義なことも、病気と闘うことも。

この闘いは、easy じゃない。知力、感性、精神力、総動員しなければいけない。

自分の脳の中で起こっていること、身体の中で起こっていることに集中し、耳を研ぎすませ、かすかな音を掴み、比較し、言語化し、主治医と一緒に考えていかなければいけない。でもその音は、私自身にしか聞こえない。経験したことのない、どこにも書かれていない、誰も知らないことだ。どんな医師にもわからないと思う。この微妙な感じをわかれと言っても無理だ。

私自身が、患者と観察者と治療者を兼ねなければいけない。なんて厄介なんだと思う。でも他に選択はないのだから、やり遂げるしかない。

## 9月24日　3Sの生き方

70歳になった[75]小椋桂が「余生は3S。Simple, Slow & Steady」と話す。認知症と診断された人にも通じると思った。Steady は無理だから代わりにスマイル（人や動物との交流・楽しいこと・生き甲斐・ユーモア）。

河合隼雄[76]は、死ぬ程の目に遭わない限り、人は生き方を変えることはできないと書いていた。病気は、そのチャンスを与える。

病気は、人生をシンプルにする。余力がなくなって、何でもかんでもは引き受けられなくなった。でも、NOと言えるようになって、するべきことを絞れるようになったのは良いことだったと今は思う。

スローもいい。忙しかった時には見つけられなかったものが見つかる。生活の中にもキラキラ光る宝物はたくさんある。

笑顔。「表情とは、リアクションではなく、アクションだ」という名言（高橋秀実《たかはしひでみね》[77]）が、先日夕刊のエッセイにあった。笑いこそは、病気への最強の戦術。笑顔こそ人生で最良の行為だと思う。

## 9月26日　奇跡

すべてのものの価値は、失った時にしかわからない。

死期を前にして「すべてのものが美しく見えるようになった」という、ドラマ『カーネーション』の糸子の台詞がよくわかる。今年の春の新緑は、奇跡のように美しかった。

病院のベッドの上で、身近なひとりひとりに「Aちゃん、おおきに」と心の中で言う台詞。最初に見た時は、心に残らなかった。今回見て、涙が出た。あれは、決別の言葉。抱え切れない程の思い出、この世での縁を手放す決意の言葉。ゼロになることを受け入れる覚悟の言葉。人生で一番大きな仕事。

「生きる意味」にこだわり続けていた自分を、ふっと笑ってしまう。「そんなのないよ」と、心から言える。

人生を思うがままに変えられるなんて、錯覚でしかない。私達は、次々と起こる予想もしない出来事に必死で対応していくだけ。どこに行くかなんてわからない。思い

777675　シンガーソングライター。「3つのS」は、2014年11月15日付日本経済新聞夕刊に掲載。臨床心理学者、元京都大学名誉教授。2007年没。日本に「ユング派心理療法」を確立した。ノンフィクション作家。2014年9月19日付日本経済新聞夕刊から。

通りになることなんてない。でも、その対応のひとつひとつが、その人の生き方になり、人生になるんだろう。

意味なんてない。あるとしたら、他人が見つけるものだろう。自分は、ただただ必死で対応していくだけだ。

でもその中に、主体性も個性も、美しいものも、輝くものもある。

それが、幸せな人生だったと思える瞬間につながっていくんじゃないだろうか。

意味とか、価値とか……、幸不幸すら、今は、どうでもいいと思える。

人生は、そんなものを遥かに越えている。

病気は、意味とも価値とも幸不幸とも関係ない。意味があるとかないとか、価値があるとかないとか、幸せか不幸かとか、そういう次元のものじゃない。もっと膨らみ、広がり、深みのある、何か豊かなものを生み出す基になるものなのだと思う。

## 9月27日　うつ病治療薬の副作用

うつ病と誤診され、薬物治療をしていた約6年間は苦しかった。公立病院の主治医は、毎年自動的に変わった。効果を感じられない抗うつ剤を止めたいと毎年伝えたが、最後の主治医以外は、だめだと言った。ほとんどの症状が、治療と共に始まり、薬を変えたり止めてから消えたので、多くは副作用だったと今は、思う。

## ▼うつ病治療をしていた約6年間にあった精神的症状[78]

### ＊感情

喜びなど感情を感じず、心が死んでしまったような感覚。表情も乏しい。
自分が自分ではない感じがする。全てが色あせて遠くに見える感じがする。
自分自身とも世界とも繋がりが切れてしまったような孤立感、空虚感。

78　この時期の症状の詳細は、『誤作動する脳』に記載。

**＊記憶力・思考力の低下**

頭に濃い霧がかかったようにぼんやりする。頭の回転がひどく遅い。簡単なことが覚えられない。ものが考えられない。思考力の低下を自覚する。

**＊不安（最初に処方されたパキシルを飲んでいた3カ月間だけ）**

発作のように激しい不安感、焦燥感に襲われて居ても立ってもいられなくなる。そこから抜け出すために全速力で歩き回った。その「発作」の時は、苦しさの余り衝動的にどこかから飛び降りそうな気がした。過呼吸が始まった（40歳過ぎてから始まるのは珍しいそう）。

**＊対人恐怖（ある種の過敏）**

人の言葉が怖くて電話に出られない。携帯電話も手放す（しばらく続いた）。

怖くて人の目を見られない。帽子なしには外出できない（一番ひどい時のみ）。人と話す時、ひどく緊張して、自然に振る舞えず、人間関係が悪くなる。

**＊フラッシュバック**

二度と思い出したくないような嫌な思い出、失敗の思い出が、不意に繰り返し何度も鮮明に思い出され、自分では止められず、とても苦しめられた。

**＊自尊心の低下**

全ての状態を自覚し、自分は別人になってしまったと思う。
もう社会から必要とされない無価値な人間になってしまったと思う。
友人とすら会いたくない（変わり果てた自分を見られたくないと思った）。
死にたいと思ったことは一度もなかった。

## 9月30日　障害自体は障害ではない

幻視はずっとなく、頭が混乱して困ることもない。大きな問題なく生活できている。

今、難しいこと。

＊簡単な計算（今、できるかできないかは、やってみないとわからない）
＊一度にふたつ以上のことをすること（注意を分散できない）
＊時間感覚（距離感）が失われている（記憶はあるが、いつのことかわからない）
＊嗅覚低下（料理に影響。焼け具合、煮え具合が匂いではわからない）

でもどれも仕事をしていなければ誰にも気付かれないことだ。自分が困るだけで人を困らせることはない。将来どうなるか分からないのは、健康な人も同じだ。

障害や傷を堂々と見せる人を美しいと思う。障害自体が障害なのではないと気付かされる。それを隠そうとする気持ち、そうさせる周囲の誤った理解や偏見が、障害だ。どんな病気だって、脳の病気だって同じだろう。

1年前にインタビューを受けたものが本になる（『認知症の「真実」』[79]）。実名を出すと決めた。決めた。扉を開くんだ。

## 2014年10月1日　どう接して欲しいか

どう接して欲しいか。具体的に説明しなければ誰にもわからないと思う。

幻覚があっても、私は私のままで、何も変わっていません。今まで通り普通に接してもらえたらうれしいです。この病気は、体調が不安定になり、とても疲れ易くなります。約束してもその日になって行けなくなったり、途中で帰らなければいけなくなる場合もあります。そのことを理解して欲しいです。心配や過度の気遣いは不要です。「元気?」「大丈夫?」ではなく「どうしてる?」と、たまに連絡してもらえたらうれしいです。どんなに気を付けていても元気でない時があります。それは、この病気の症状ですから、気にしないで下さい。「どうしてる?」と訊いてもらえたら、何と

79　2014年、東田勉著。講談社刊。本書の著者も実名で登場している。

答えるべきか悩むこともなく、自然に本当のことが話せます。

## 10月6日　劇的効果

30年続く大切な仲間の5年振りの集まりへ。昼から夜までだが、二次会の途中で力尽きて帰ることになるのではないかと思いつつ行った。

でもみんなの顔を見たら、あまりにも嬉しくて、楽しくて、しあわせで、しあわせで、30年前のように、はしゃいでいた。毎日2～3時頃になると、疲れ切って昼寝をしているのに、疲れも感じず、眠くもならず、そのまま三次会にまで飛び入り参加してきた。さすがに8時になると辛くなり、帰路に。電車に座るまでは、かなり苦しかったが（意識障害で目を開けていられない状態）、運良く座れ、ストンと眠りに落ちた。

その夜は、興奮したのか中々寝付けず、翌朝は早朝に覚醒。疲れで寝込むかと思ったら、いつもよりずっと元気だった。

改めて確信する。人と会い、楽しく笑って話すことは、薬よりも劇的な効果がある。毎日楽しく笑って過ごせば、どんな薬よりも効くのだ。

今朝は台風が通過。200キロくらいまで近づくと血圧が徐々に下がり、上80台を切りそう。心拍数50台。朦朧《もうろう》として起き上がれず、かといって眠れず、苦しくてどうにもならなかった。「ここから出してくれ！」という感じ。足を壁にもたれさせ、L字になった。少し頭に血が行くかと思って。血圧が6ずつ位上がった。その後は、徐々に回復。

毎度だが、台風は、本当に苦しい。毒を飲まされたような、身の置き所がないような、拷問のような苦しさだ。40度以上の熱がある感じと言えば人に伝わるだろうか。

大切な集まりと重ならなくて、本当に良かった。

## 10月8日　開かれていく心

以前この病気のフォーラムに行った時、介護家族の苦労体験を聞くのは、居たたまれなかった。この病気の学会に行った時は、当然であるとわかっていても、自分がモノ（症例）として扱われ、感情も思考もあるひとりの人間として扱われないことを強く感じた。

ツイッターで「レビー小体型認知症キモイ」というつぶやきを見た時も、後になれば笑い話だが、その時には、深く傷ついた。

でもそれは、全部、初めてだったからなのだと思う（うつも過敏さもあった）。今なら誰の口から何を聞いても、もう傷つくこともないだろう。笑っていられる気がする。

同じ病気の人達と会えば、共感でき、救われる部分がある一方、進行した人と会えば、平穏な気持ちではいられないだろうと思う。[80]認知症カフェに行ってみようかという気持ちになってきたが、当事者だと言えば、何となくその場の雰囲気を変えてしまいそうな気がする。「そうは見えない」と言われ続けている。自意識過剰か？

病気のことを知らせた昔の仲間達に会った時、誰も私に病気のことを訊かなかった。今まで通り接してくれることに感謝する半面、避けなくてもいいのに、と思う。この病気に興味を持って欲しいし、正しく理解して欲しいと思う。知的好奇心から質問してくれたら、いくらでも説明したい。身近な人の誤診に気付いて欲しい。

何を聞いていいのか、わからないんだろう。やはり当事者が発言（情報発信）しない限り、他の人からは、その症状も気持ちも計り知れないのだろうと思う。

## 10月9日　幻覚への誤解

幻覚（幻視・幻聴・幻臭・体感幻覚など）は、私の場合、正常な意識と思考力の時に起こる。意識障害を起こして朦朧《もうろう》としている時には、起こったことがない。

全く正気の状態で起こるのだから、錯乱や妄想などの精神症状とは違うと感じる。脳の感覚機能の一部分が、一時的に誤作動を起こしているだけ。

これは医師も誤解している。『幻覚＝思考力も判断力も知性も人格も人間性も失われている』とほとんどの人が誤解している。

そうではないということを、本当のことを、私は、伝えなければいけないと思う。

80　認知症の本人、家族、地域住民、介護・福祉・医療の専門家などが集い、交流や情報交換をする場。２０１２年に始まり、オレンジカフェ、つどい場など様々な名称で全国に広がった。

## 10月21日　認知症という言葉

認知症は（医学的には）病名ではなく、「認知機能の低下によって、日常生活や社会生活に支障をきたす状態」を指す言葉。今は、「認知症を引き起こす様々な病気の総称」として広く使われているが、多くの矛盾がある。誤解と偏見を生み、本人や家族を混乱させる原因になっていると思う。病気になり、脳の一部の機能が低下したとしても、ほとんどの機能は、正常に保たれている。若年性アルツハイマー病と診断された方々もご自身で色々工夫され（自らちょっとした助けを求めることも含めて）自立した社会生活を長く続けていらっしゃる。世の中の多くの人が抱く絶望的なイメージとは、まったく違う。

レビー小体型認知症の場合は、認知機能の状態に大きな波がある。（重度でない限り）悪い時は、認知症だが、良い時は違う。薬の副作用などで一時的に悪化しても、薬を調整すればまた持ち直す。決して右肩下がりに認知機能が落ちていくわけではない。10年進行しない人の話を聞いた。認知症から始まらない病気なので、「レビー小体型認知症という名前がよくない」とこの病気の発見者が書いている（「レビー小体型認知症研究会」のサイト「Q＆Aよくある質問」)。

レビーは、「せん妄」という状態を起こしやすい。その時には、介護困難に陥るが、「せん妄」が治れば、また元に戻る。「せん妄」は、認知症とは異なるが、多くの人が区別しない。医療関係者すら。

それなら、「認知症」とは一体何なのか？　「認知症＝記憶障害＝アルツハイマー病」ではない。認知症を起こす病気は多く、症状は異なる。レビー小体型認知症や前頭側頭型認知症[81]では、記憶障害がほとんどない人たちがいる（ただアルツハイマー病など他の病気を併発することもあれば、時間と共に変化もしていく）。

私は、これだけ広く深く誤解され、定義にも矛盾のある「認知症」という言葉は、変えるべきではないかと思う。

81　症状により3つのタイプに分類される。ピック病と呼ばれていたタイプでは、行動面の変化が目立つ。40～50歳で発症することが多い。2015年に前頭側頭葉変性症として難病指定された。

## 2014年11月1日　正常化する脳

体調はあまり変わらないが、ミスをしたり、頭が混乱したり、不安になることは、ずっとない。できることが増えている。もうダメだと思ってほとんど書いていなかった英語も、毎日友人とメールのやり取りをしている内に、以前のように書けるようになった。

今日は、とても久しぶりに手書きで葉書を2枚書いた。手で字を書くこともう諦めていた。漢字が出てこない。字のバランスが取れない。間違える。疲れる。でも今日書いてみると漢字が書ける。字もちゃんと書ける。驚く。

昨日は、けん玉が届いた。脳血流を上げると『ためしてガッテン』で聞いて、すぐネットで注文した。少し練習するだけで「もしかめ」ができるようになった。脳の血流改善効果を実感できる。けん玉で意識障害が治るとは、笑ってしまうね。

## 11月5日『旅のことば——認知症とともによりよく生きるためのヒント』

7月にインタビュー調査を受けた研究が冊子になり[82]、昨日、受け取った。とても良い。

病気と生きる当事者の声を聴くという発想が、医師にも介護のプロにも極めて乏しかったとあらためて気づく。専門医は、常に指導的立場から発言し、本を書く。介護のプロもそうだ。でも本当に必要な答えは、当事者や家族が持っている。病と共に生きる毎日の中で、どんなことにどんな風に困り、それをどうしたら乗り越えていけるのかは、体験している本人や家族にしかわからない。優れた家族会は、情報と知恵の宝庫だ。

私は、臆することなく発言していけばいいのだと思う。同じ立場にある人達に希望を与えることができるはずだ。プロでなくても、私だからこそできることがあるはずだ。

82　井庭崇、岡田誠編著、慶應義塾大学井庭研究室、認知症フレンドリージャパン・イニシアチブ著。2015年、丸善出版刊。

今日は受診日。「調子がいいです」と言い切った。N先生も嬉しそう。5月は良かった。梅雨時からの体調不良が9月頃まで続いた。10月から、波はあるが、とてもいい。

体調が良くなると、躊躇せずに頻繁に外出できるし、気分も明るくなり、積極的になる。自信もつき、何もかも好循環になると伝えた。脳の機能も上がっている気がすると。

今は、抗認知症薬のみ。漢方薬も飲んでいない。

## 11月25日　睡眠時無呼吸

11月5日に「調子がいいです」と言った夜に身内が緊急入院。不安からまた不調になっている。夕べも2時間毎に目が醒め、4時からは眠れない。朝から頭が重い。夜中に手のひらと足の裏にひどく汗をかくのは、自律神経の乱れだろう。

明日のディペックス[83]のインタビュー撮影を延期してもらおうかと思ったが、次回、また不調でないとも限らない。無理してもやってしまった方が良いと思い直した。

昼寝の時、窒息したようになって飛び起き、ゼイゼイすることが以前から時々あった。先日、夫が初めて見ていて「呼吸が止まっていた」と言った。やはり睡眠時無呼吸か。レビーには多いと家族会で聞いていた。でも夜中には、ほとんどない。

## 11月26日　夫との日々

映画『ホタル』[84]をテレビで途中から見る。深い雪の中、懸命に鶴の真似をする夫（高倉健）と、笑いながら一緒に真似する余命短い妻（田中裕子）。我が家に似ているなと思った。笑うのが一番病気に効くと言ったからか、夫は家ではひょうきんなことばかりする。私も大笑いしながら、一緒にふざけている。笑いが絶えない。

83　「認定NPO法人　健康と病いの語り　ディペックス・ジャパン」。がんや認知症など様々な病気や障害のある当事者が体験談を語る動画や音声のデータベースを無料で公開している。著者は「本人11」として「認知症の語り」に収録されている。

84　2001年公開、降旗康男監督。

外では腕を組んで歩き、辛くなると肩につかまる。
夫との25年間で、今が一番平穏。一番幸せ。誰よりも感謝している。

# 2014年冬　堂々と

あなたが思い描くものに命をあたえなさい
それは生まれることを待っている未来
未知の感覚を恐れてはならない
はるか前から未来はあなたの中にある
ただそれが生まれるのを待ちなさい
新たな明かりに満ちた時のために

——リルケ

## 2014年12月6日　決意（友人Eへのメール）

私は、9月に実名で社会に向けて発言していこうと決めました。『これからは、堂々と生きていくぞ！』と決めたら、本当に清々しい気持ちになりました。

私は、この病気に関するこれまでの説明は、間違っている所が沢山あると、自分がなってみてわかりました。それは、患者本人が言わなければ、誰も気付かないことです。

11月にはディペックス・ジャパンのインタビューにも協力しました。その動画は来年の春からディペックス・ジャパンのサイトで一般公開されます。これは、協力して本当に良かったと思っています。大学関係者や医師などが作っているNPOで、学術的な目的、医学部等での教育にも利用されます。それは、私が望んできたことです。

こうした活動をする（している）ことは、親戚には、まだ話していません。そうしたことが良かったのだと、いつか思ってもらえる日が来ると信じています。

## 12月20日　認知症の妄想

レビー小体型認知症は、幻視と妄想が特徴とよく言われる。『私にも妄想が出るのか？　いつ？　何をきっかけに？』と1年以上考え続けてきた。

認知症の妄想を妄想と呼んでよいのだろうかと、最近考える。

統合失調症を描いた映画『ビューティフル・マインド』[83]と、ドラマ『悪夢』[84]の中で、主人公の理解者であり最も重要な友は、妄想の人物だった。主人公達にとって、その妄想の友人は、苦しい現実を生き抜くためにどうしても必要な支えだった。

そう考えれば、病気でない人達にも似た現象は、いくらでも見つけられる。毎日仏壇に食べ物や飲み物を供える。お墓に話しかける。子どもを突然亡くした母親が、その後、まだ生きているかのように振る舞っても「当たり前」と私達は受け止めるだろう。私達は、そうすることで心の安らぎを得る。心のバランスを保つ。

---

83　2001年公開の映画。ラッセル・クロウ主演。実在した天才数学者がモデル。

84　NHK・Eテレ『バリバラ』特集ドラマ。統合失調症の当事者であるハウス加賀谷主演。

認知症の妄想も同じではないか？　毎日周囲から叱られ、軽んじられ、自分の希望も意見も無視され続ける究極の「アウェイ」の環境の中で、何とか心を平静に保つために脳が作り出した自衛策ではないのか。

もし周囲の誰もが味方で、心安らぐ「ホーム」の環境にあれば、妄想も生まれない、少なくとも周囲を困らせるような妄想は生まれないのではないか？

## 12月23日　強さ

講演で使うスライドが完成。久しぶりにイラストを描いたり、ものを作るのは楽しい。こんな日が来るなんて、思わなかった。真っ暗闇の底に、叩きのめされて転がっていた。でも、どこかに道があると信じて探した。それを「強い」と、人は言うのだろうか。

「強い」と言われることは、好きじゃなかった。自分を強いと思ったことはなかった。でも、今は、思う。絶望が、私を強くした。

体調がどうであろうと、病気が何であろうと関係ない。私は、今、しあわせだと心の底から言える。

## 12月27日　覚悟

人生で大事なのは、覚悟だと思う。

利益と一緒に、自分にとって不利益となることも受け止める覚悟。覚悟してしまえば、大抵のことは何とかなる。逃げている時に、後ろから殴られたらダメージが大きい。「さあ来い！」と構えたところを正面から殴られても大したことはない。

そもそも良いことだけの選択なんてない。すべての物事には、良い面と悪い面がある。

一カ月後、舞台に立つことで何が変わるのだろう。私は何を失うのだろう。わからない。でも、起きるかも知れない悪いことと同じだけ、良いことだって生み出せるはずだ。

恐れるな。勇気を持って真実に生きろ。

## 2015年1月15日　堂々と

レビーフォーラムの講演の準備に追われている。体調不良の場合には、原稿を代読すると言われ、急遽毎日原稿を書いている。夜、布団に入ると言葉が洪水のように頭に流れ続けて寝付けない。夜中に目を覚まして、また言葉が流れ始める。

今日は大きな低気圧が日本を通過して大荒れの天気。午後から血圧が下がり、夜になった今も苦しい。ひどい耳鳴りがやまない。

「実名を出して大丈夫ですか⁉」と何人かから驚かれたことを思い出す。そう言われる度に、不安が頭をもたげそうになる。大丈夫かどうかなんて、わからない。でも、大丈夫と約束された未来が、どこにあるだろう。リスクを避けて、何もしないことで満足できる人生など、あるだろうか。

「カミングアウトすれば、後悔することになる」と忠告してくれた友人もいる。真剣な気遣いをありがたいと思う。でも今、私は、この病気を少しも恥じていない。恥ずべきものだとは思えない。脳の病気は、特別な病気ではない。偏見の目で見る人がいれば、それが誤解であることを伝えたい。

私は、決めた。

私は、私にできることをする。

私は、堂々と生きていく。

巻末付録

2015年１月27日

レビーフォーラム　講演録

本人
本人に
なってみて
初めて
分かったこと
レビーフォーラム 2015

主催・NPO法人認知症ラボ

（めぐろパーシモンホールにて）

みなさん、初めまして。樋口直美と申します。トム・クルーズと同じ52歳です。50歳の時にレビー小体型認知症と診断され、治療を始めました。

これはレビー小体型認知症（以後、「レビー」と省略）の症状の一部です。

◎レビー小体型認知症の症状の一部（出る症状・程度は人それぞれ）

＊薬に過敏。激しい副作用が出やすい半面、少量でも効果が出やすい
＊寝言が大きい。悪夢を見て叫ぶ。夢の通り激しく動く
＊自律神経症状（血圧・脈・汗・体温・排泄などの異常）
　立ちくらみ・失神・頭痛・耳鳴り・体の痛み・だるさ・冷えなど
　不眠・疲労感・気力低下・不安・焦燥・うつ・イライラなど
＊意識レベルの変動・スイッチを切ったように反応が悪くなる
＊幻覚（主に幻視。他に幻聴・幻臭・痛み等の体感幻覚など）。出ない人もいる
＊パーキンソン病に似た動作の緩慢・転倒・体のこわばりなど。出ない人もいる

レビーは人によって、出る症状も出方も全く違います。私はよく「超初期」と言われますが、発症は11年前だろうと医師から言われています。しかし記憶力・思考力の低下はまだありません。認知症という言葉は元々病名ではなく、「認知機能の低下によって、自立した生活が困難になった状態」を指す言葉です。その意味では、私の診断名は「レビー小体型認知症」ですが、私は認知症ではありません。私だけが特別なのではなく、レビーと診断されて、私と同じような方は大勢いらっしゃいます。この病気は（進行するまでは）認知症というよりも、一種の障害だと今は受け止めています。

先月、まずタイトルを決めるよう言われた時、自分のことを何と呼ぼうか、ちょっと悩みました。患者？　病人？　最近使われるのは「当事者」です。でもなんとなくものものしい。「本人」。選挙の公示前、こういう人、見たことないですか？　選挙法で名前が出せないので「本人」と書いてらっしゃるんですけど。三つともかなり変だと思いました。でもしょうがないので三択で、「本人」にしました。

「本人になってみて初めて分かったこと」、たくさんあります。「認知症の人」という呼び方がおかしいと感じるようになったのも、本人になってからです。テレビで専門家が言います。「認知症の人は記憶ができません。新しいことは覚えられません。でも、感情は残っているんです」。病気の種類も進行の度合いも無視して、十把一絡げに全部、「認知症の人」です。レビーの症状は、アルツハイマー病とは異なります。前頭側頭型認知症とも違います。レビーの方で、アルツハイマー病を併発して記憶障害が強い方はいらっしゃいますが、高齢のレビーの場合、進行しても記憶障害が軽い方が少なくないそうです。新しいことも覚えられます。このスライドも今回初めて、自分で作り方を覚えて、全部ひとりで作りました。

今、色々な方が一生懸命、正しい情報を発信して、少しずつ変わってはきているんですが、それでも「認知症恐怖症」は日本中に蔓延しています。

**◎医師も含めて多くの人が抱いている認知症のイメージ**

＊脳細胞が、死滅し続ける。進行性で回復はなく、右肩下がりに能力が低下し続けていく

＊知性も人格も失う。理解不能の言動で周囲を困らせる

＊「自分が自分でなくなる」一番なりたくない恐怖の病気

## 実態は違うと本人になって初めて知る

これらはよく偏見と呼ばれますが、私は違うと思っています。これは、これまでの多くの医師の共通認識だと思います。それを私達はメディアを通して教えられ、最近またそれが強化されているように思います。認知症は脳が萎縮する病気だとみなさん思っていらっしゃいますが、レビーの場合は、脳はあまり萎縮しません（初期には脳の萎縮は軽度のため、ＣＴやＭＲＩでの脳画像検査では正常と言われることも多い）。最期まで、その人らしさは失われないと聞いています。「だんだんいろんなことができなくなるのはどんな気持ちですか」と訊かれます。私の認知機能は去年よりも改善していいます。できなかったことも今はできるようになっています（２０１５年時点）。

## ◎私の経過

＊体調不良の波が数年続く。幻視。悪夢を見て叫ぶ。原因不明の痛みなど

＊不眠、頭痛、倦怠感で受診。うつ病と誤って診断された（２００４年）
＊治療開始し劇的悪化。６年間は薬の副作用で認知機能低下
＊薬を止めて回復。その後再び体調が不安定に。レビーを疑い始める
＊幻視を自覚し専門医を受診。経過観察となる（２０１２年）
＊８カ月後、レビー小体型認知症と診断される。治療で体調改善（２０１３年）
＊体調不良、「意識障害」（「急に起こる脳機能の低下」と自覚しているが、正確な症状名を確定することができず、この講演の中では「意識障害」と表現している）、幻覚など様々な症状に悩まされる
＊症状は改善できることがわかり、いくつかの症状が改善していく（２０１４年）

私が正しく診断され、抗認知症薬で治療を始めたのは1年7カ月前です。レビーと診断された時、「進行を遅らせるために私ができることは何ですか」と訊きました。「ないんですよ」と言われました。「ただ今までの生活を続けて下さい」。自分でレビーを疑って、レビーについて詳しく調べ始めたのは3年前ですから、診断された時は冷静でした。でも当時、若年性レビーについての情報はほとんど皆無でした。唯一見

た症例は、どんどん悪化して衰弱していくという、絶望的なものでした。たった2年前のことですが、まだ『ためしてガッテン』でも、レビーを紹介する前で、ほとんどの人にとってレビーは聞いたこともない病気でした。

私はこの病気を人に話せないと思いました。誤解されても、理解されることはないだろうと思いました。深い渓谷に1本の長い平均台が続いていて、その上にひとりで立っている気がしました。『自分さえ気をしっかりもって、うまく歩いていけば絶対に大丈夫！』と思うんですけれども、圧倒的な絶望感と恐怖感と孤独感を感じました。逃げ道はどこにもなく、進むか落ちるか、どちらかしかないと毎日思っていました。

でもその後、家族会の方からアドバイスを頂き、話を聞いてくれる人と出会い、同病の人と出会い、友人に病名を伝え始め、家族に支えられ、渓谷なんて最初からなかった、私が勝手に作り上げていただけだということがわかりました。一時期は、簡単な計算ができないとか、さまざまな幻覚とか、色々な症状が次々と出ました。でも今は、改善しています。

## ◎今の私の症状と幻覚

＊自律神経症状（体調の不安定さ）が最も辛い
＊突然起こる「意識障害」。体調不良と認知機能の低下を伴う。脳貧血や風邪で発熱した時の状態に似ている
＊体内に「飼い虎」がいるイメージ。虎は扱い次第で凶暴にも猫のようにもなる。仲良く付き合う方法を試行錯誤
＊幻覚は意識も思考力もある状態で起こる脳の誤作動。幻覚（幻視・幻聴・幻臭など）は本物と全く同じ。推理して本物と区別する
＊幻覚への正常な反応を異常者扱いされる不幸

今困っている症状は、この病気の特徴である自律神経症状です。血圧・心拍数・体温などを一定に保つことができません。「体調に波があって」と人に言うと、「体調の波ぐらい誰でもあるよ」とよく言われるんですが、血圧の上が80を切ったり、夏でも汗が出ずに発熱したりして、日常生活に支障をきたします。汗が出すぎる方もいます

し、失神を繰り返す方もいます。暑さ・寒さ・気圧の変動、そういうものにとても体が弱くなります。レム睡眠行動障害といって、寝言を叫んだりする症状がありますが、それ以外にも不眠や無呼吸、あとは医師もよくわからない、色々な不思議な睡眠障害があります。でも見えない障害ですから、電車の中で急に具合が悪くなっても、高齢者のように席は譲ってもらえません。

そして自律神経の影響もあるのかと思うんですが、脳の血流が突然低下するのか、一種の「意識障害」を起こします。急にひどい疲れやだるさや眠気を感じたりします。脳貧血や風邪で発熱した時の感じにとてもよく似ています。熱と同じで段階がありま す。ひどい時は倒れるようにして眠ってしまいます。「意識障害」を起こしている時は、認知機能がガクッと落ちます。誰でも高熱が出ている時に筆記試験を受けたくないですよね。それと全く同じことが「意識障害」を起こしている時には起こります。頭がうまく回転しないんです。わかってないわけではないんですが、いつも通りにはいろんなことができなくなります。

治療の直前はそれがとてもひどくて、ほとんど寝たり起きたりという重病人のような生活をしていました。その頃も、記憶障害は目立ちませんでした。抗認知症薬を使うようになって、体調が改善しました。医師にもわからないと言われましたが、これはレビー特有の、「認知の変動」という症状だと私は思っています。とてもしっかりしていた人が、突然ぼうっとする、という風に説明されます。でも本人はかなり苦しく、不快だということが、本人になって初めてわかりました。そして高熱がある時と同様に、そういう時でもちゃんと、周囲で起こっていることも、そこにいる人の気持ちも全部わかっています。ただ朦朧としていて、受信はできても発信用の回線がオフになっているような感じで反応ができません。周囲からは、なんだか魂がどこかに行ってしまっているように見えるので、（顔の前で手を振るジェスチャー）という感じだと言われます。これは治る時も、突然治ることが多いです。パッと体が楽になって、元に戻ります。停電が終わって、電気が流れて、回線がつながった、そんな感じです。私は自分の体の中に「飼い虎」がいるとイメージしています。それが暴れ回っている間は、ぐったりして何もできません。でも虎はネコ科です。うまく付き合えば、ゴロニャーンとしている時もとても多いです。そういう時は体調もよく、頭も問題なく回転しています。そういう時、自分は健康で正常な人間だと感じます。

幻覚には、幻視・幻聴・幻臭・体感幻覚など、色々なものがありますが、それらはしばらく出ていません。私の幻視は、虫や物が動くことが多くて、人はあまり見ません。幻視はぼうっとしている時に起こりやすいとよく言われますが、私は「意識障害」を起こしている時に幻視を見たことがありません。いつも意識も思考力も正常な状態で起こりました。たとえば朝、新聞を読んでいる時に、目の前に虫が飛んできます。「どんな風に見えるんですか」とよく訊かれます。「みなさんの正面の方《かた》、その右の方、どちらかが幻視です。よく見て当てて下さい」という感じです。見た目では、本物と区別がつきません。透けてもいませんし、ぼやけてもいません。足もちゃんとついています。人によって見え方は違うようですけれども、私の場合はそうです。ただ私の見る幻視の人は話しません。

オリヴァー・サックス[85]が書いた『見てしまう人びと——幻覚の脳科学』（大田直子訳、2014年、早川書房）などの本に、「シャルル・ボネ症候群」（目の病気などで両目の視力が極度に低下したり、失明した人の何割かに幻視が現れる。特に高齢者に多い。偏見を

85　イギリスの神経学者、医師、作家。2015年に82歳で死去。代表作のひとつAwakenings（邦題『レナードの朝』）は映画化された。

恐れ、幻視を医師に報告する人は、とても少ないという）という幻視の症例がたくさん紹介されています。彼らは知的能力や精神状態には何の問題もないのに、ただ幻視が見えてしまうんです。それを読むと、彼らの幻視の様子は、私の幻視の様子ととてもよく似ています。興味のある方は是非、オリヴァー・サックスの本を読んでみて下さい。

「本物にしか見えないなら、どうやって幻視とわかるんですか」とよく訊かれます。この場所にこういうものがいるだろうか、あるだろうかと考えます。もし家の中に人がいれば、それはありえないので幻視だとわかります。でも突然現れますから、心臓が止まるかと思うぐらい、びっくりします。虫は目の前でパッと消えると、「あ、幻視だったんだ」と初めてわかります。消えない限りは、どれだけ見てもわかりません。幻視で人を見るのは、私はとても怖いです。

みなさん今夜、お家に帰られて、夜、寝室の扉を開けた瞬間に、知らない男が眠っていたらどうされますか。叫ぶという方？　警察を呼ぶ方？　棒を持ってくる方？　包丁を持ってくる方はあまりいらっしゃらないと思いますが、「初めまして」と言う方もいらっしゃらないと思います。でも、レビーの、特に高齢の方が叫ぶと、全く違います。「頭がおかしい」と怒鳴られ、説教され、バカにされ、ＢＰＳＤ（37ページ参照）だと決めつけられます。病院に無理やり連れて行かれて、抗精神病薬を飲まされるかもしれません。「認知症だから、ない物をあると言って、わけのわからないことをするのよね」と家族の方は言います。違います。思考力があって、本物にしか見えないものが見えるから、正常に反応しているんです。不審者がいれば怖いです。でも慰められるどころか、狂人扱いされます。

言いようのない悲しみ、悔しさ、孤独、不安、絶望を感じるということが、本人になって、初めてわかりました。私は一時期、いろんな物が動いて見えました。テーブルの上のゴマ、カーペットの模様、窓の外の景色、駐車場の車、色々な物が突然動きます。初めはそんな物が見える自分がとても恐ろしかったです。でもある時、池谷裕二さんの脳科学の本を読んでいたら、「脳の中のMT野ニューロンが活性化すれば、止まっている物でも動いて見える」と書いてありました。

◎MT野ニューロン

＊私のMT野ニューロンのスイッチは時々、誤作動を起こす

＊私の知能とも精神とも人格とも何の関係もなく、それは起こる

そうわかった時、精神的にとても楽になりました。「よーし、今度見えた時は幻視の消し方を色々研究してみよう」と思いました。でも、その頃から急に幻視を見なくなりました。薬を替えたわけではありません。幻視に怯えて、毎日ビクビク暮らすストレスから解放されたからではないかと考えています。

脳には無数の機能があります。レビーはそのいくつかのスイッチに時々、不具合が起こる、そういう病気だと今は感じています。

◎私の症状を悪化させた／させるもの

＊薬の副作用（向精神薬など特定の処方薬・市販薬）

＊ストレス（精神的に苦痛を感じるもの）

＊低気圧・気温の変動（雨・台風・季節の変わり目）

＊体の状態（疲れ・冷え・睡眠不足など）

## ＊他の病気（風邪による発熱など）

私を劇的に悪化させたもの、それは薬です。特に向精神薬の副作用です。レビーには、薬にとても弱くなるという、他の病気にはない不思議な特徴があります。逆に言えば、少しの量でとても大きな効果が出たりします。程度は人によります。私は36歳の時にアレルギーの処方薬を飲んで、寝込んだことがあります。11年前、うつ病と誤って診断され、薬を飲み始めた時は、体も脳もめちゃくちゃになりました。朦朧として、ATMにカードを置いて家に帰ってきました。銀行から電話がかかってきました。椅子から立ち上がって失神しました。手が震え、声が出なくなり、激しい不安に襲われる精神症状も急に生まれて初めて出ました。駐車場に置いた車を見つけられなかったり、色々なミスを連発し、主治医に「認知症だと思うので検査をして下さい」と言いました。でもそれはうつ病の症状だと説明されました。認知症のような症状も含めて、こうした症状は治療の直後に始まり、薬を替えたら治まりましたから、薬の副作用だったのだと今は思っています。

医師に言われるままに、何種類もの向精神薬を飲み続けた6年間は、今よりも記憶力も頭の回転も悪く、生き生きした感情も消えて、別人のようになっていました。そういう自分を全て自覚していましたから、とても辛い6年間でした。抗うつ剤などの薬物治療をやめて、回復しました。

私は強いストレスを感じると、毒を飲まされたように、「意識障害」が始まります。毎日ちょっとミスをしても、病気が進行したのかと思って青くなっていた頃は、頭もうまく働きませんでした。食材を見てもメニューが思い浮かばない、メニューを決めても段取りがパッと浮かばない、二つのコンロに鍋をかけると、一方は意識から消えてしまう、という状態でした。でもストレスが減れば減るほど改善しました。

去年（2014年）の秋、病気を隠して生きるのはやめようと決めた時、さらに改善して、幻視も現れなくなりました。病気を隠すこともストレスです。

天候、体の状態でも急に悪化します。

### ◎私の症状を改善したもの

**＊人と笑い合うこと**（楽しい・うれしい・ワクワクすること。一番効果が高い）

＊脳や体の血流をよくするもの（運動：特にリズミカルなもの・ツボ刺激・体を温める・アロマ・専門医が処方する漢方薬など）
＊心身をほぐし気持ちがよいと感じるもの（ストレッチ・ヨガ・マッサージ・指圧・気功など）
＊芸術：音楽・美術・ダンスなど、感動するもの全て
＊ストレスを軽減するもの　10年程前にしたこと（自然散策・認知行動療法・自律訓練法・呼吸法・瞑想・イメージ療法など）

適切な治療、つまり薬の種類や量や副作用に十分気を付けた慎重な治療ですが、それを大前提として、さらに症状を改善するものがいくらでもあります。一番効果が高いのは、人と楽しく笑い合うことだと感じています。血流を良くするものは、私の「意識障害」を改善しました。ただ、何でもやりすぎるとぐったりしてしまいますし、東洋医学やアロマセラピーは色々注意事項がありますから、よく調べてから試してみて下さい。軽い「意識障害」であれば、こういうものだけでパッと治ることがあります。漢方薬は主治医とは別に、漢方の専門医に、その時々の症状に合わせて処方して

頂いています。その他は、即効性はないですが、いつも心身を柔らかくほぐして、食事や生活に気をつけて、なるべく体をバランスの取れた良い状態にしておくことで、症状を抑えられると感じています。脳と体は一体です。

芸術は元気を与えてくれます。この数年は、テンポのよい軽快な音楽を心地良く感じて、よく聴くようになりました。それに合わせて体を動かすと、とても気分が良くなります。自然に笑顔がこぼれてしまうもの、心がウキウキワクワクするものなら、どんなものでも効くと思います。たとえば70代であっても80代であっても、胸がドキドキするような素敵な人と手をつないで踊ったら、冗談ではなく劇的に効くと思います。そういう研究はまだないと思いますが、是非試してみて下さい。反対に歯を食いしばってやるものはダメだと思います。私は元々計算が嫌いで、計算ドリルをすると頭が痛くなります。でも昔から計算が得意だったという方は、計算が楽しいというので、得意なものはあまり能力が落ちないのかもしれません。

「ストレスを軽減するもの」というのは、うつ病と誤って診断されていた時期に、自分で本を読んでやったものです。ただ、レビーの脳の状態は不安定で常に変動しているので、こうしたものもすごく効く時とあまり効かない時があります。なので一喜一憂しないで、気楽に楽しみながらやるのがいいと思います。

## ◎介護する方に伝えたいこと

＊病気・薬の知識が、強力な助っ人になる
＊問題発生時「認知症だから」で片づけず、理由を考えよう
＊何科にかかっても、リスクの高い薬に気をつけよう
＊一緒に笑えば笑うほど、お互いが楽になっていく
＊本人のできること、凄い所、感謝できることを探そう
＊本人が「人の役に立つよろこび」を感じているか
＊記録からの発見や工夫・試行錯誤を気楽に楽しもう
＊カメラ（視点）を反転させ相手側から。遠くから

介護する方に気をつけて頂きたいのは、薬です。
風邪薬など、意外なものでも悪化することがあります。胃薬の一部など、何科に行

ってもすぐ処方されるような薬にも悪化の原因になるものがあります。

それから、もしできたら、自分の介護を映画に撮るつもりで、想像のカメラをちょっと構えて下さい。その時、アングルを変えて相手の方にカメラを置いて下さい。アップではなく、なるべく遠くから写してみて下さい。チャップリンは「人生はアップで見ると悲劇。遠くから見るとコメディーだ」と言ったそうです。

認知症と生きる人というのは、これ以上ないというほど、思いっきりアウェイの世界に置かれていると思います。アウェイではなく、ホーム。ほっとできる家にさえいれば、みなさん穏やかに笑顔で暮らせると思います。

◎同じ病気の方へ伝えたいこと

＊レビー小体型は世間が考える「認知症」とは異なる
＊話すことでどんどん楽になる
＊薬に気をつけよう
＊人と笑い合うこと。色々な症状改善方法を気楽に楽しく試そう

＊誰にも分からない未来に怯えながら生きるのはやめよう
＊何度かできなくても、気楽にまた試したらできる場合が多い
＊遠い将来、不便が増えても自分は常に自分だから大丈夫！

この病気と一緒に生きている方。この病気には、希望がたくさんあることを知って下さい。仲間もいます。どうかひとりで悩まないで下さい。私も病気が進行するのは怖いです。新しい症状や、パーキンソン症状が出たらと思うと、胸がざわざわします。でもある時言われました。「大丈夫だ！　もし歩けなくなったって車いすがあるじゃないか」。その時わかりました。進行に怯えて毎日暮らすのは、明日雨が降ったらどうしようと心配しながら怯えて暮らしているのと同じです。「雨が降ったら傘を差せ」と松下幸之助さんは言ったそうです。傘がなかったら準備すればいい。だから大丈夫です。大丈夫！　そう考えてリラックスするだけで、きっと変わってくると思います。

◎病気を得たら　3つの「り」（3S）で暮らそう！

Slow　ゆったり、　心・時間にたっぷりのゆとりを持とう
Simple　すっきり、　身の回りや暮らし方を変えてみよう
Smile　にっこり、　笑顔は最高の薬&魔法

※小椋桂さん「余生はSimple, Slow & Steady 単純でいい、ゆっくりでいい、だけどしっかり生きる」（日本経済新聞夕刊2014年11月15日掲載）のひとつを入れ替えて

3つの「り」を提案します。シンガーソングライターの小椋桂さんが書かれていたものを読んで、ひとつ入れ替えました。これでストレスがかなり減らせると思います。ゆったり余裕を持って、身の周りも付き合いも生活もすっきりして、いつもにっこり笑っている。これって雑誌に載っているような、誰もが憧れる生活だと思いませんか？

大きな病気をすると、否応なく人生を変えられてしまいます。でもその時、自分の生き方を変えることができます。これは一生に何度もない、すごいチャンスだと思い

ます。

私は正しい診断までに10年近くかかり、今日はあまりお話ししませんでしたが、その間にたくさんのものを失いました。でも正しく診断されて適切な治療を始めたことで、病気は改善し始めました。この病気になったことで素晴らしい人達ともたくさん出会えました。家族も含めて、人ほど温かく、ありがたく、大切なものはないと知りました。世界も違って見えるようになりました。本やドラマも以前よりずっと深く味わえるようになりました。

昨年の春に見た若葉は、一生に見た中で一番美しい若葉でした。ありえないほど美しいと思いました。今は青空を見るたびに、心から美しいと思います。病気をする前にはなかったことです。病気になって良かったかと訊かれたら、良かったとはまだ言えませんが、今私はとても幸せです。これからも体の中の飼い虎とうまく付き合いながら、笑顔で堂々と生きていきたいと思います。ひとりでも多くの方がこの病気を知り、この病気と生きているたくさんの人達、そしてその家族の理解者になって頂けたら、こんなに嬉しいことはありません。ご清聴どうもありがとうございました。

＊症状は、２０１５年１月時点のもので、その後の症状は『誤作動する脳』（医学書院、２０２０年）に詳細に記述。

＊修正を加えたため、講演内容とは異なる部分があります。

＊ここに収録した著者の講演の模様は、http://dementia.or.jp/library/（『認知症スタジアム』動画ライブラリー）
https://www.youtube.com/watch?v=04jozzhqzlc&feature=youtu.be（レビーフォーラム２０１５［講演１］樋口直美（レビー小体型認知症と生きる当事者））

了

# 文庫版あとがき

最後までお読み頂きまして、ありがとうございます。

この本は、単行本『私の脳で起こったこと――レビー小体型認知症からの復活』（ブックマン社、２０１５年発行、日本医学ジャーナリスト協会賞優秀賞受賞）の改訂版です。特に注釈部分の情報を更新しています。出典までは詳しくあげていませんが、論文を参考にしています。

単行本『私の脳で起こったこと』を上梓したころは、精神状態が安定し、一時的に病状もかなり良くなり、幻覚（幻視、幻聴など）も消えていた時期でした。長年多くの症状に悩まされてきた私には、そのことが本当にうれしく、それを「はじめに」にも書きました。そして、「認知症が良くなることはない」などの批判を受けることになりました。

しかし、本文にもあるとおり、多種多様な病気や病状を「認知症」という言葉で一括りにしてしまうことが、たくさんの問題、つまり人災を生み続ける原因の一つになっているのです。

単行本の副題につけた「復活」という言葉も、「人災によって陥った絶望からの精神的復活」という意味を込めていました。

病気を公表してからは、認知症専門医など医療職や介護職の方など、この病気と関わるさまざまな方や研究者とお話しする機会が増えました。急激な悪化や驚くような改善が、この病気では珍しくないことを多くの医師からも教えられました。「急激に悪くなり、一度は寝たきりになったが、抗精神病薬をやめただけで、悪くなる前の状態に戻った」「朦朧として食事も取れず、終末期と言われたが、少量の抗認知症薬を試してみたら覚醒し、食事も楽しめるようになった」などの体験談を直接伺いました。アルツハイマー病など他の病気では起こりにくいことが、薬に過敏な体質に変わるこの病気では、起こるのです。

この病気は、ある種の薬剤、精神的ストレス、体のバランスの崩れ（脱水や他の持病の悪化など）によって、病状が一転してしまう、いわば、非常に繊細な「全身病」

です。

しかし、そのことを周囲が知らないまま、急激な悪化を「認知症の進行」と判断され、そのままにされている例は珍しくありません。悪化させている原因を取り除けば、回復する可能性はとても高いのです。

レビー小体型認知症と診断されても、慎重で適切な治療とケア、ストレスの少ない環境、心から笑い合える人間関係と安心のなかで、長年良い状態を保つ方が少なからずいらっしゃることを、私は出会った方々から教えられました。


現在の私はといえば、幻視や幻聴はありますが、それが悪いものとはまったく思っていません。時間認知障害、注意障害、視空間認知障害、嗅覚障害など、日常生活で困ることは、さまざまありますが、工夫を重ね、人の助けも借りながら卑下することなく過ごしています。自律神経症状によってすぐ体調不良を起こす体とも、持久力のない脳とも、敵対することなく同居しています。

苦手になったことは避けつつ、元々好きだった執筆は、執筆依頼を受けて毎日続けています。最近は、記憶力の低下を感じ、記憶の外部化を進めるべく、あらたな工夫を試行中です。この病気との付き合い方、ストレスの減らし方は、本書を書いたころよりもずいぶんと熟達したのです（症状の詳細や病気との付き合い方は、『誤作動する脳』（医学書院「シリーズ ケアをひらく」、2020年刊行）に記しています。

医学は飛躍的に進歩しているとはいえ、生きた人間の脳のなかで長期にわたって日々何が起こっているのかは、まだ誰にもわからずにいます。アルツハイマー病やレビー小体病（レビー小体型認知症、パーキンソン病、他）もまだ解明されない謎の部分が大きいのです。

脳に限らず、どんな病気でも、「医師にもわからない」という未知の部分は少なからずあります。人間は、機械ではありませんから、個人差が大きく、環境など無数の要因が、その後の病状に影響します。

はっきりと先を見通せないことは、不安です。私も自分の未来について、不安を払拭できたことはありません。でも「どうなっていくか予測ができない」ということは、希望でもあるのです。実際、この本を書いていたころには想像もしなかったいまが、私にはあります。

アルツハイマー病と診断されて、生活上の困難があっても社会活動を続け、執筆もする友人、知人たちが、日本にも世界にもいます。私よりも先に診断を受けて、今も活動する仲間たちがいるということが、私に希望を与えてくれます。

「希望を持つ」ということが、心身にどれほど大きな影響を与えるかを、私は、自分の脳と体を通して知っています。絶望したとき、人は死んだようになり、脳も働かなくなります。フランクルの『夜と霧』（みすず書房、1985年刊行）にも書かれている通り、人は、希望を持っている限り、生命力を保つことができるのです。

いま、病気やさまざまなことに苦しんでいる方、その傍らにいる方が、絶望ではなく希望を持って生きられることを、私は、強く心の底から願っています。

単行本が出て以来、医療に関する相談が届くようになりました。本当に申し訳ないと心に痛みを感じながらも、相談は受けていませんのでどうぞご容赦ください。私は、医療者ではありません。治療のことは、主治医と納得いくまで話し合ってください。薬の効果や副作用は、一人ひとり違います。薬を飲んだ後の変化は記録しておき、どうぞ主治医や薬剤師にご相談ください。

最後になりましたが、深く尊敬する研究者の伊藤亜紗さんが、解説を快く引き受けてくださったこと、同じく尊敬する研究者の福岡伸一さんが帯文を寄せてくださったことは、身に余るしあわせでした。文庫化にあたっては、編集者の羽田雅美さんをはじめ、さまざまな方のお世話になりました。

多くの方に助けられ、支えて頂いて、いまがあるということをあらためて強く噛みしめています。そのすべての方に深くお礼申し上げます。

2021年11月

樋口　直美

# 解説　病と一緒に自分を生きる

伊藤　亜紗

ちょっぴりハスキーな少年のような声と、弾ける笑顔。頭にはいつも黒いベレー帽をかぶっていて、認知症の啓蒙カラーであるオレンジ色のスカーフやブレスレットを身につけている。私が知っている樋口さんは、すでに「樋口直美」になって以降の樋口さんだ。レビー小体型認知症と診断され、病気の本人として、本人にしか分からないことを、あたたかい表現と鋭い観察眼で描き出してくれる、そんなひとりのアクティブな書き手としての、樋口さんだ。私自身、樋口さんとの対談やインタビューを通じて、たくさんの刺激を受けてきた。その魅力は、本書のもとになったブックマン社の単行本が出て以降の著作『誤作動する脳』（医学書院、２０２０年）や、連載「間《あいだ》の人」（晶文社のサイト『スクラップブック』にて、２０２０年より）で堪能することができる。

しかし本書に収められた日記に私たちが見出す樋口さんは、あの潑剌とした「樋口直美」とはちょっと違う。四一歳でうつ病と誤診され、六年間の投薬で症状が悪化し、自ら情報を集めた末に「レビー小体型認知症」という診断を獲得、そして迷いながらも実名を公表して病のことを発信しようと決心するまで。樋口さんがいかにして「樋口直美」になったのか、その歴史の一端を本書は見せてくれる。

それは精神的にも肉体的にも苦難の連続であった。自分をコントロールできなくなる恐さ、子供の成長を見守ることができなくなるかもしれない淋しさ、夫にさえ素直に病状を話せない孤独感。自分の死を覚悟したような記述もあり、読んでいるこちらまでもが、壁の中に閉じ込められていくような閉塞感にさいなまれる。そして、そのあいだにも病気の症状は樋口さんを襲い続ける。

特にレビー小体型認知症に特徴的な症状である「幻視」をめぐる記述は、非当事者が想像するものとはだいぶ違っていて驚かされる。一般に幻視というと、陽炎や幽霊のように、半透明で重さのない、まさに「幻」のようなものを想像してしまう。しかし樋口さんによれば、少なくとも樋口さんの幻視は、そのようなイメージとは全く違っている。「『みなさんの正面の方、その右の方、どちらかが幻視です。よく見て当てて下さい』という感じです」（本書273P）。つまり、「幻視がどのように見えるか」という質問はナンセンスで、それは現実とまったく同じに見えるのである。ただそれが幻だとわかるのは、それが消えたときか、「ここにこんなものがあるだろうか」という文脈的な推理によってのみだ。

現実だと思っていたものが実は幻だと分かる、というのはどんな気分なのだろう。寝室の扉をあける。と、布団に見知らぬ男が寝ている。冷静に考えればそこに男がいるはずはないと分かるが、男の姿は細部までリアルだ。心臓が止まりそうになる。もしそこで大声をあげたり、警察に電話をしたりしたら、「あの人は頭がおかしい」と周りに言われてしまうだろう。

「幻視が見える」と言うことは、「人を殺しました」と言うのと同じくらい恐ろしいことだ、と樋口さんは言う（39P）。自分で自分がコントロールできなくなるとは、自分という存在が得体の知れぬ魔物に乗っ取られるということだ。適切な理解が得られなければ、周囲の人もあえて魔物に近づこうとはしなくなるだろう。

しかし樋口さんは少しずつ、自分は病気をコントロールできる、という手応えに出会っていく。それは、魔物の正体を知る手がかりを求めてあらゆる手段を試す、まさに樋口さん自身の「人体実験」の成果に他ならない。家族会の人によいと聞いた漢方を試す。不眠にきくというアロマオイルを使ってみる。プロ向けのツボの本。スロージョギング。友達と会う。映画を見る……。樋口さんは言う。「私自身が、患者と観察者と治療者を兼ねなければいけない」（235P）。

特に薬をめぐる人体実験は、樋口さんにとって死活問題だった。レビー小体型認知症には、薬にとても弱くなるという不思議な特徴がある。少量の薬でも体が大きく反応してしまうのだ。樋口さん自身、うつ病という誤診のもとに処方された薬を飲み続けた結果、生き生きとした感情が消え、記憶力が低下し、別人のようになって過ごしていたという苦い過去をもつ。正確な診断がついてからも、薬を半錠ずつ試して体に起こる反応を見るなど、繊細な感覚をたよりに、一歩一歩、病を攻略するすべを探っていった。その結果、やがて日記のトーンが変わり始める。運命の縁を覗き見るような私小説的なものから、どこか科学的な雰囲気をそなえた克明な観察記録に変わっていくのだ。

その変化を一言で代表させるなら、「私」から「脳」へ、ということになるだろう。最初、樋口さんは「私という人間が消えるのではないか」という切迫感にせきたてられるようにして、日記を綴っていたように見える。経験しているのは「人生」に起こった困難であり、大切な「家族」への重荷だ。しかしレビー小体型認知症という診断を得て、病をコントロールできるという手応えを感じてから、樋口さんは「脳」の問題として病を語り始める。そう、脳に問題が起こったからといって、「私」が消えるわけではないし、人生がめちゃくちゃになるわけではないのだ。それは「私に起こったこと」ではなくて「私の脳に起こったこと」なのだ。

この点に関しては、「認知症を巡る今の問題の多くは、病気そのものが原因ではなく、人災のように感じています」（12P）という、痛切な一言が突き刺さる。私たちは、認知症というと、「家族の顔まで分からなくなる恐ろしい病気」という先入観をもってしまう。しかし樋口さんは、幻視を見たり、計算ができなくなったりといった症状はあっても、思考力が低下しているわけではない、と言う。「脳の機能の一部を失ったからといって、知性を失う訳ではない。記憶を失ったとしても思考力を失う訳ではない」（218P）。そのことは、何よりこの本が証明している。専門的知識があるはずの医師たちでさえ、病を外側からばかり見て、患者の主観的な世界に寄り添ってはこなかった。

もっとも近年では、病や障害の当事者が自らの経験を言葉にして語った本や映像が、少しずつ世に出るようになってきている。本書はまさに、レビー小体型認知症の主観的世界を描いた、世界的にも稀有なパイオニア的一冊である。しかし、本書がすばらしいのは、樋口さんが単に本人だから分かる病気の経験を書いているからではない。本書は、樋口さんが自らの「弱さ」に向き合いながら、「本人」になっていくプロセスを描いているからすばらしいのである。

病や障害の当事者が弱さについて語る？　当然じゃないか、と思われるかもしれない。しかし、実際にはそうでもない。例えば一九七〇年代の障害者運動においては、社会と対決するという意図が明確にあったために、当事者もしばしば「強い言葉」「分かりやすい言葉」を選ばざるを得なかった。その過程で、自身の病や障害の経験についての語りが単純化されてしまい、弱さは抑圧され、同じ病や障害の当事者のなかにも多様性があることが、見過ごされてしまったのである。「この障害のある体が好きだし社会にも認めて欲しいけど、でも治るんだったら治るにこしたことはないんだけど……」。このような迷いに満ちた「弱い声」は、発することすらタブーになってしまったのである。

一方、本書で私たちが目の当たりにするのは、樋口さんが「樋口直美」になるまでの葛藤である。彼女の歩んできた道から私たちは多くのことを学ぶべきだし、励まされもする。でも、樋口さんは最初から「樋口直美」であったわけではない。レビー小体型認知症になった人がみんな樋口さんと同じように生きられるわけではないし、その必要もない。その人にはその人なりの、「自分を生きる方法」があるはずだ。「私は、病気と一緒に私を生きなければいけない」（82P）。

「病と一緒に自分を生きる」とは何なのか。日記という私的な記録がこのように世に出たことによって、私たちはその、弱さと苦悩と明るさと強さに満ちた無限の可能性を前にしている。

（いとう・あさ　美学者）

本書は、二〇一五年七月、ブックマン社より
刊行されたものに、加筆・修正を行いました。

**子は親を救うために「心の病」になる**　高橋和巳

子は親が好きだからこそ「心の病」になり、親を救おうとしている。精神科医である著者が説く、親子という「生きづらさ」の原点とその解決法。

**人は変われる**　高橋和巳

人は大人になった後でこそ、自分を変えられる。多くの事例をあげ「運命を変えて、どう生きるか」を考察した名著、待望の文庫化。（中江有里）

**消えたい**　高橋和巳

自殺欲求を「消えたい」と表現する、親から虐待された人々。彼らの育ち方、その後の人生、苦しみを丁寧にたどり、人間の幸せの意味を考える。（橋本治）

**加害者は変われるか？**　信田さよ子

家庭という密室で、ＤＶや虐待は起きる。「普通の人」がなぜ？　加害者を正面から見つめ分析し、再発を防ぐ考察につなげた、初めての本。（牟田和恵）

**一本の茎の上に**　茨木のり子

「人間の顔は一本の茎の上に咲き出た一瞬の花である」表題作をはじめ、敬愛する山之口貘等について綴った香気漂うエッセイ集。（金裕鴻）

**あたらしい自分になる本　増補版**　服部みれい

著者の代表作。心と体が生まれ変わる知恵の数々。文庫化にあたり新たな知恵を追加。冷えとり、アーユルヴェーダ、ホ・オポノポノetc.（辛酸なめ子）

**自由な自分になる本　増補版**　服部みれい

呼吸法、食べもの、冷えとり、数秘術、前世療法などで、からだもこころも魂も自由になる。文庫化にあたり一章分書き下ろしを追加。（川島小鳥）

**わたしの中の自然に目覚めて生きるのです　増補版**　服部みれい

生き方の岐路に立ったら。毎日の悩みにも。自分の中の「自然」が答えてくれる。心身にも、人間関係にも役立つ。推薦文＝北山耕平、吉本ばなな

**新版　いっぱしの女**　氷室冴子

時を経てなお生きる言葉のひとつひとつが、呼吸を楽にしてくれる――。大人気小説家・氷室冴子の名作エッセイ、待望の復刊！（町田そのこ）

**花の命はノー・フューチャー**　ブレイディみかこ

移民、パンク、ＬＧＢＴ、貧困層。地べたから見た英国社会をスカッとした笑いとともに描く。200頁分の大幅増補！　推薦文＝佐藤亜紀（栗原康）

**脳はなぜ「心」を作ったのか**　前野隆司

「意識」とは何か。どこまでが「私」なのか。死んだら「心」はどうなるのか。——「意識」と「心」の謎に挑んだ話題の本の文庫化。（夢枕獏）

**錯覚する脳**　前野隆司

「意識のクオリア」も五感も、すべては脳が作り上げた錯覚だった！　ロボット工学者が科学的に明らかにする衝撃の結論を信じられますか。（武藤浩史）

**ひきこもりはなぜ「治る」のか？**　斎藤環

「ひきこもり」研究の第一人者の著者が、ラカン、コフート等の精神分析理論でひきこもる人の精神病理を読み解き、家族の対応法を解説する。（井出草平）

**「ひきこもり」救出マニュアル〈理論編〉**　斎藤環

「ひきこもり」治療に詳しい著者が、Ｑ＆Ａ方式で、ひきこもりとは何か、どう対応すべきかを示している。すべての関係者に贈る明日への処方箋。

**「ひきこもり」救出マニュアル〈実践編〉**　斎藤環

「ひきこもり」治療に詳しい著者が、具体的な疑問に答えた、本当に役に立つ処方箋。理論編に続く、実践編。参考文献、「文庫版　補足と解説」を付す。

**承認をめぐる病**　斎藤環

人に認められたい気持ちに過度にこだわると、さまざまな病理が露呈する。現代のカルチャーや事件から精神科医が「承認依存」を分析する。（土井隆義）

**生きるかなしみ**　山田太一編

人は誰でも心の底に、様々なかなしみを抱きながら生きている。「生きるかなしみ」と真摯に直面し、人生の幅と厚みを増した先人達の諸相を読む。

**ねにもつタイプ**　岸本佐知子

何となく気になることにこだわる、ねにもつ。思索、奇想、妄想はばたく脳内ワールドをリズミカルな名短文でつづる。第23回講談社エッセイ賞受賞。

**なんらかの事情**　岸本佐知子

エッセイ？　妄想？　それとも短篇小説？　……モヤッとするのに心地よい！　翻訳家・岸本佐知子の頭の中を覗くような可笑しな世界へようこそ！

**遠い朝の本たち**　須賀敦子

一人の少女が成長する過程で出会い、愛しんだ文学作品の数々を、記憶に深く残る人びとの想い出とともに描くエッセイ。（末盛千枝子）

ちくま文庫

# 私《わたし》の脳《のう》で起《お》こったこと
## ――「レビー小体型認知症《しょうたいがたにんちしょう》」の記録《きろく》

二〇二二年一月十日　第一刷発行

著　者　樋口直美（ひぐち・なおみ）
発行者　喜入冬子
発行所　株式会社　筑摩書房
東京都台東区蔵前二―五―三　〒一一一―八七五五
電話番号　〇三―五六八七―二六〇一（代表）
装幀者　安野光雅
印刷所　中央精版印刷株式会社
製本所　中央精版印刷株式会社


ISBN978-4-480-43789-1 C0147